KB195993

한잔에 우주

양태영 지음

목차

*TMI는 Tea Much Information의 약자로
알아두시면 좋을 차(tea)에 대한 상식을 담았습니다.

"혹시 F(coffee)세요? 전 T(tea)인데."

예전부터 사람들에게 "언젠가 차 사업할 거야."라고 말하면, 대개 두 가지 반응을 보였다.

첫 번째. 차(Car)? 자동차?
두 번째. 차(茶)? 그럼 카페 하는 거야?

위와 같은 대답을 피하기 위해 "티(tea) 사업을 할 거야."라고 말해도 여전히 반응은 두 가지였다.

첫 번째. 티(T-shirt)? 옷?
두 번째. 티(Tea)? 그럼 카페 하는 거야?

결국 나는 '차' 혹은 '티'라는 단어 앞에 '마시는'이라는 수식어를 항상 붙여야 했다.

"차(Tea) 사업할 거야, 마시는 차."
그럼에도 불구하고 나머지 한 가지 반응은 고정값이

었는데 그것은 바로,

오~ 그럼 카페 하는 거야?

 언어적인 의미 탓일 수도 있지만, 위와 같은 현상을 미루어볼 때 우리나라에서 차의 위상이 어느 정도인지를 대략 가늠할 수 있다. 항상 사람들에게 차(茶)는 두 번째 순서로 인식되는 것은 물론이고, 이를 방지하기 위해 친절하게 '마시는' 차(茶)라고 말해줘도 결국 카페를 벗어나진 못하는 것이다.

 카페가 싫은 건 아니지만 그렇다고 카페 창업이 꿈은 아니었기에 항상 한 가지 말을 덧붙이곤 한다.

 "커피로 비유하자면 스타벅스 매장을 차리는 게 아니라, 스타벅스와 같은 브랜드를 만드는 거야."

그렇다. 나만의 브랜드를 만드는 것, 그리고 그 중심엔 차가 있었다. 그래서인지 언젠가부터 나는 "커피 한잔하자."라는 말보다 "차 한잔하자."라는 말이 더 자연스러워지기를 바라는, 결코 작지 않은 소망을 품기 시작했다.

'평생 행복하게 차 마실 수 있게 해주세요'라거나 '비싸고 맛있는 차를 원 없이 마실 수 있도록 떼돈 벌게 해주세요'라는 것도 아니고, 소망이 고작 '사람들이 커피보다 차를 더 많이 마시게 해주세요'라니.

얼핏 보면 소박한 소망 같지만 사실 그렇지 않다. 내 바람대로만 된다면 차(茶) 사업을 하는 나는 돈을 꽤 많이 벌 것이고, 그렇다면 맛있는 차를 평생 행복하게 마실 수 있을 테니. 그러니 나에게는 나름 원대한 포부인 셈이다. 이왕이면 꿩 먹고 알도 먹을 수 있으면 좋지 않겠는가. 그래서 이 글을 쓴다. 사람들의 일상에 차가 쉽게 녹아들 수 있도록 하기 위해.

그렇다 보니 이 책은 차에 대한 효능이 어쩌구 저쩌구,

맛이 어쩌구, 향이 저쩌구 하는 책은 아니다. 차에 대한 책인데 정보도, 효능도, 맛도, 향도 빼면 뭐가 남는 건가 싶을 텐데, 그 생각이 맞다. 아무것도 남지 않는다. 대신 유쾌함은 남았으면 하는 마음으로 글을 썼다.

차 에세이에서 흔히 기대할 수 있는 차분함이나 힐링의 느낌보다는 앞서 말한 것처럼 유쾌함에 가까운 감정이 남기를. 그로 인해 차에 대한 작은 호기심이 생겼다면 그것만으로도 충분히 나의 목표를 달성했다고 생각한다. 이것이 내가 차를 대하는, 그리고 사람들이 차를 처음 접했을 때 가졌으면 하는 마음이다.

앞에서 말했듯 차에 대한 지식이나 효능 따위를 원한다면 잘못 고른 책이겠지만, 그저 '차 한잔'이라는 단어에 이끌려 별생각 없이 이 책을 집어 들었다면 어느 순간 나도 모르게 '차며들어' 책장을 넘기고 있는 자신을 발견할 수 있을 것이다. 더불어 '차 한잔 마시고 싶다'라는 생각이 든다면 더할 나위 없이 좋을 것 같다.

첫사랑

　　첫사랑의 의미는 사람마다 조금씩 다르다. 짝사랑을 첫사랑으로 기억하는 사람도, 학창 시절이 아닌 성인이 되어 했던 연애를 첫사랑이라 정의하는 사람도 있다. 이렇듯, 본인의 인생에 가장 깊게 기억나는 사람이라는 점을 제외하고는 첫사랑의 정의는 사람마다 약간의 차이를 보인다.

　내게 첫사랑은 스물다섯, 대학교 3학년 때 찾아왔다. 위에서 언급했듯 각자가 생각하는 첫사랑은 다르다. 생각해보면 나 또한 초등학교 때 누군가를 좋아하면 심장이 두근거린다는 사실을 처음 알았고, 고등학교 땐 1년 가까이 첫 연애를 하기도 했다. 대학교를 막 복학한 후엔 꽤 오랫동안 마음 졸여가며 지독하게 짝사랑을 해본 적도 있었다. 그 외에도 몇 번의 짧은 만남이 있었지만, 그걸 과연 사랑이라 부를 수 있을지에 대한 답을 쉽게 내지 못했다. 결국 오랜 고민 끝에 '내 첫사랑은 이때였구나'라고 정의할 수 있게 되었다.

차(tea)가 내 인생을 송두리째 바꿔놓은 것처럼 나와 그 친구의 첫 만남 또한 차를 매개로 이루어졌다. 군 제대 후 대학교에 복학해 나는 유도라는 운동에 흠뻑 빠져, 유도부 활동을 열심히 했다. 마치 스스로 국가대표라도 되었다고 착각하는 건지 올림픽이라도 나가려는 듯 온종일 유도 생각뿐이었다. 그렇게 유도에 대한 생각과 훈련으로 많은 나날을 보내던 어느 날이었다.

많은 남자 복학생들이 그러하듯 나 또한 연애에도 관심은 많았다. 그러나 당시 나는 복학하자마자 지독한 짝사랑을 1년 가까이 해왔던 터라 마음이 지칠 대로 지쳐있던 상태였고, 유도 동아리라는 주변 환경도 연애라는 단어와는 딱히 어울리지 않았다. 유도부는 그야말로 덩치마저 산만한 시커먼 남자 위주의 집단이었다. 이렇게 극단적으로 음과 양의 밸런스가 맞지 않는 곳에서 연애는 상상하는 것만으로도 사치였다. 물론 동아리를 연애하기 위해 드는 것은 아니지만, 일단 환경이라도 바꿔야겠다고 생각한 나는 다른 취미를 위한 동아리를 물색하기 시작했다.

그러던 차에 학교 벽지에 붙어있는 한 포스터에 시선을 뺏겼다. 흰색 배경에 한 잔의 찻잔과 녹차를 연상시키는 연둣빛 색의 액체 일러스트가 담긴 심플한 포스터였다. 그걸 보고 본능적으로 '아 여기에 들어가야겠다'라고 생각했다. 그리곤 무엇에 홀리기라도 한 듯 곧장 포스터에 적힌 번호로 전화해 동아리 가입 방법을 문의했다. 그렇게 얼마 뒤, 동아리 회장과 만나기로 한 장소에 도착했는데 멀리서 나를 향해 다가오는 실루엣이 낯설지 않았다. 흡사 유도 동아리에서 자주 보이는 익숙한 실루엣이었다. 남자였다는 말이다.

다도 동아리인데 회장이 남자라…. 그래, 뭐 충분히 그럴 순 있지만 일단 시작부터 썩 달갑지는 않았다. '그래 내가 차 마시러 왔지, 연애하러 왔나'라는 되도 않는 마인드 컨트롤을 해야 했다. 헛헛한 마음을 애써 꾹꾹 눌러 담으며 동아리 관련 이야기를 듣기 시작했다.

복학생인 내 안목으로 보기에 회장이라는 친구는 신입생처럼 보였다. '신입생이 회장일 리는 없을 텐데'라고 생각하던 찰나, 회장은 군대를 아직 안 간 2학년이라며 내 마음을 읽은 듯 대답해주었다. 그리고 그는 "지난해까지만 해도 동아리가 잘 운영되었으나 지금은 사람도 거의 없고, 운영도 잘 되질 않는다."라고 처음 동아리에 가입하려고 들어온 사람에게 참으로 솔직하게 말을 이었다.

그와 동시에 역시나 여기도 '조졌구나'라고 생각하며 체념했다. 어찌 됐건 동아리에 들어가기로 했고 곧장 동아리 단체 카톡방에 초대됐다. 그러나 동아리 단톡방에 초대만 됐을 뿐 한 학기가 다 끝나도록 동아리 모임은 한 번도 이루어지지 않았으며, 단톡방조차 마지막 대화가 언제였는지 모를 만큼 온기가 식어버린 느낌이었다. 그 회장 친구의 얼굴을 본 것도 동아리에 가입한 날이 처음이자 마지막이었다.

 그렇게 새 학기가 시작됐다. 새로운 동아리에 들어가 긴 했지만, 한 번도 참여하지 못했고 오히려 시커먼 복학생들로 가득 찬 유도 동아리에서 어느새 부회장 자리까지 꿰차며 나의 입지를 더욱 넓혀가고 있었다. 새 학기가 되어 부회장으로서 신규 회원을 모집하기 위해 동아리 회장이었던 같은 과 친한 형과 홍보영상을 만들어 홍보에 열을 올렸고, 새 학기 대면식이다 뭐다 해서 바쁜 나날을 보내고 있었다.

 그러던 차에 조용하던 다도 동아리 단톡방에 알림이 울렸다.

 "O월 O일 다락방(다도 동아리 이름이다) 새 학기 첫 모임이 시작되니 많은 참여 부탁드립니다."

 그런데 공지를 올린 사람은 동아리에 가입한 날 나를 안내해줬던 남자 회장이 아닌 다른 이름이었다.

한잔에 우주

'어? 회장이 바뀐 건가?'

어쨌거나 이곳도 새로 활동한다고 하니 첫 모임 일정에 맞춰 나가보기로 했다. 모임에 도착하니 놀라울 정도로 기존에 속해있던 유도부와는 정반대의 성비를 자랑하고 있었다. 오히려 남자가 없다시피 했다. 남자는 나를 포함하여 딱 두 명이었다. 남자는 없고 여자가 많은, 적응이 안 되는 동아리 성비에 놀라고 있을 무렵, 유독 하얀 피부의 한 친구에게 눈길이 갔다. 그 친구는 대신 회장을 맡게 된 친구라고 했다.

알고 보니 처음 나에게 동아리 설명을 해주었던 회장은 인수인계도 없이 그 학기가 끝나고 입대를 하는 바람에 부회장이던 친구가 회장 자리를 떠맡게 된 것이었다.

차 동아리답게 첫 모임에서도 간단하게 찻자리가 꾸려졌고, 차를 마시며 인사를 하고 이야기를 나눴다. 차를 받은 도자기 잔에 하얀 김이 올라오면 차를 마시는 척, 잔으로 얼굴을 가리며 그 친구를 힐끗 쳐다보았다. 그렇게 힐끗 쳐다보기 위해 찻잔을 들어 올리는 과정 덕에 첫 모임부터 차를 과다(茶)복용했지만 그런 건 아무래도 상관없었다.

 그 순간은 마시는 게 차인지 술인지, 차에 취하는 건지 사람에게 취하는 건지 모를 정도로 대뇌의 전두엽이 제대로 작동하지 않았기 때문이었다.

 모임이 끝나고 집에 돌아왔는데 다시 그 친구 생각이 났다. 괜히 무언가 말을 걸고 싶은데 말을 걸 구실이 없었다. 최대한 대화를 이끌어 갈 명분을 만들어 보기 위해 생각을 쥐어짜고는 카톡으로 한 마디 건넸다.

 그… 혹시 호칭을 어떻게 불러야 할까요…?

 그렇게 내 첫사랑은 시작되었다.

무한 리필까진 아니더라도

이미 한 번 우려진 티백을 다시 머그 컵에 넣고 뜨거운 물을 받아 차를 더 우려낸다. 당연히 맛과 향이 처음 우렸을 때에 비해 약하지만 여전히 차를 즐기기에 부족함이 없다. 오히려 은은하게 한 번 더 즐길 수 있어서 좋다. 사실 한 번이 아니라 두 번, 세 번까지도 즐긴다. 어찌 보면 궁상맞을 수도 있는, 이것이 내가 차를 좋아하는 이유다.

마시는 거라면 다 좋아하는 내가 왜 많고 많은 음료 중에 차를 선택했을까. 이 부분에 대해 가만히 생각해 본

적이 있다. 많은 생각을 거쳐 그 이유를 알게 되었을 때, 기분이 썩 유쾌하진 않았다.

내가 차를 좋아하게 된 이유는 돈이 없었기 때문이었다. 음료를 많이, 여러 번 마시고 싶은데 나에겐 넉넉한 돈이 없었다. 정확히 말하면 '넉넉'이 아니라 그냥 없었다. 서른이 되기 전까지 있었던 적이 사실 거의 없다고 봐도 무방하다.

어릴 때뿐만 아니라 성인이 돼서도 주머니 상황은 나아지지 않았다. 아직 돈을 벌 능력이랄 게 없는 학생 땐 학생이니 돈이 없었고 성인이 되어서는 돈을 벌긴 했지만, 그보다 나가는 돈이 더 많아졌으니 말이다.

군 전역 후 복학하고 나서는 학교에 다니면서 적게는 두 개, 많게는 네 개의 아르바이트를 하며 학업을 병행했다. 뒤에서 산업 스파이 어쩌고 하며 말장난을 해대지만, 사실 내가 대학 시절 카페에서 아르바이트를 했던 이유는 일하면서 공짜 커피를 마실 수 있었기 때문인지도 모르겠다. 대학생 신분인데도 아르바이트를 할 때를 제외하고는 따로 카페에 가서 커피를 돈 주고 사 마신 기억이 많이 없는 걸 보면 말이다.

 마시는 건 모두 좋아하지만 그렇다고 생수만 마시는 건 뭔가 고역인 기분이 든다. 억지로 마시는 느낌 때문에 선호하지 않는다. 결국 무언가를 마시고 싶었던 나는 기숙사 편의점을 서성이다 그 고민을 해결해 줄 아이템을 하나 발견했다. 지금도 여전히 판매 중이긴 하지만 당시에는 조금 더 유명했던 17차였다. 액상 차로 유명하지만 액상 차 형태가 아닌 티백으로 판매하는 걸 발견했는데, 가격이 정말 저렴했다. 티백 80개가 들어 있는 패키지였는데 커피 한 잔 값도 안 되는 금액이었다. 당시 금액이 기억나진 않지만 지금 인터넷에 검색해도 최저가가 4,450원이니 여전히 대형 프렌차이즈 카페의 커피 한 잔 값이 채 되질 않는다. 수량이 80개니 티백 한 개의 단가는 55.625원, 다시 말해 개당 56원을 넘지 않는다. 1원짜리는 없으니 6원을 반올림해도 60원, 100원이 안 넘는다.

 유레카를 외치며 나는 2L짜리 페트병을 구해 기숙사

정수기로 가득 물을 받아두고 17차 티백을 두 개씩 넣어 물 대신 마시기 시작했다. 그렇게 정답을 찾은 듯했다. 티백이다! 가난한 나를 타는 목마름에서 구원해 줄 수 있는 존재가!

그런데 문제가 있었다. 가격 부분에서 엄청난 매력이 있었지만, 막상 그렇게 사두고 다 우려 마시진 못했다. 만드신 분들께는 죄송한 말이지만 이유라고 한다면 사실 맛이 없었다. 정확히 말하자면 내 입맛엔 아니었다고 하는 게 맞겠다. 솔직히 맛있게 마시기엔 한계가 있었다. 보릿물처럼 구수하기만 한, 말 그대로 17가지의 곡물이 우려낸 그 맛은 딱 물 대용 정도였다. 하지만 난 더 향긋하고 맛있게 즐길 수 있는 차를 원했다. 그럼에도 불구하고, 이미 100원으로는 아무것도 할 수 없는 이 세상에서 나는 티백을 보고 한 줄기 희망을 찾았다.

내가 초등학교에 다닐 때만 하더라도 100원으로 사먹을 수 있는 군것질거리들이 굉장히 많았다. 요즘에야 1,000원 한 장으로도 살 수 있는 게 많이 없지만 당시엔 1,000원이면 먹고 싶은 걸 몇 개씩이나 고를 수 있었다.

천하장사 소시지와 맛은 비슷하지만 이름은 쓰여있지 않은 조그만 크기의 소시지도 100원, 아폴로라는 이름 의 불량식품도 100원, 지금의 빠삐코와 같은 '쵸키쵸키' 라는 이름의 아이스크림도 300원이었던 시절이 있었 다. 달랑 100원짜리 동전 한두 개씩 주머니에 짤랑짤랑 소리 내며 들고 다니던 시절이기에 아직도 선명히 기억 난다. 위에 적은 것들을 하나씩 다 사도 500원이다. 무 려 1,000원 한 장이면 친구와 간식을 충분히 나눠 먹을 수 있는 돈이었다. 그래서 그 100원 한 닢을 아끼려 굉 장히 노력했던 기억이 있다. 어릴 때부터 집이 가난함 을 직감적으로 느꼈는지 어린애였음에도 불구하고 나 는 100원 하나도 마음 놓고 쓰질 못했다. 뭔가를 사 먹 고 싶을 땐 어린 마음을 꾹꾹 참으며 고사리 같은 손에 쥔 100원짜리 동전을 더욱 꼭 쥐었다.

중학교 때도 마찬가지였다. 버스비가 700원이었는데, 하루 1,000원씩 버스비를 받으면 내가 쓸 수 있는 돈은 300원 남짓이었다. 여름철이면 각종 슬러시가 300원, 가공된 핫바 비스무리한 게 300원이었는데 그때도 꾹 꾹 참다가 한 번씩 그걸 사 먹고는 했고, 두 가지를 동시에 먹기 위해서는 하루는 차비만 쓰고 온전히 남겨 둬야 했다. 버스비가 700원에서 800원으로 100원씩이나 인상된 이후부터는 그 소소한 낙 또한 사라지게 되었다. 물론 하루 몇백 원에서 몇천 원 정도의 용돈은 부모님께 더 받을 수 있었겠지만, 어려서부터 나는 부모님께 돈 달라는 소리를 못 했다. 안 했다는 표현이 조금 더 어울리겠지만.

그러던 어느 날 부모님과 차를 타고 외할머니댁에 가는 길에 나는 그 사실을 자랑이라도 하려는 듯 말했다.

"친구들은 학교 끝나고 문방구에서 다들 간식 사 먹는데 나는 돈 아끼려고 잘 안 사 먹어!"

그때까진 몰랐다. 초등학생이 자랑하듯 건넨 돈 아낀다는 말 한마디가 부모에게 상처가 되어 닿을 줄은. 물론 우리 집 형편이 넉넉했다면 작은 돈도 소중히 여긴다며 칭찬받았을지도 모를 일이지만.

한잔에 우주

나는 우리 집이 가난하다는 사실은 알고 있었지만, 그 말을 듣고 아팠을 엄마, 아빠의 마음까지 헤아릴 정도로 생각이 깊진 않았다. 그저 단순하게 칭찬받고 싶은 초등학생이었던 것이다.

그렇게 내가 내뱉은 말은 작은 자동차 속에 엄마, 아빠를 꼼짝 못 하게 가둔 뒤, 여기저기 돌아다니며 침묵을 지키게 했다. 어릴 때 그 장면이 아직도 고스란히 기억나는 걸 보면 나도 말하고 나서 뭔가 잘못되었음을 감지했던 것 같다.

차 안의 어색한 정적을 겨우 깬 사람은 엄마였다.

그 짧은 시간 동안 둘은 각자 얼마나 많은 생각을 했을까. 그리고 자식에게 마음껏 해주지 못함에 얼마나 마음이 아팠을까.

이런 환경적인 이유 때문이었을까? 마시는 걸 좋아하지만 가난했던 내가 가장 부담 없이 오랫동안 많은 양을 마실 수 있는 건 다름 아닌 차였다.

고작 몇 g의 찻잎, 그리고 갖가지 재료가 들어간 티백으로 수 L의 물을 우려낼 수 있다는 것. 급기야는 두세 번 우려도 여전히 맛있는 티를 직접 만들어봐야겠다는 생각까지 하게 됐다. 더욱이 어딘가에 또 있을 나와 같은 사람들에게 비싸진 않더라도 좋은 취향을 선물하고 싶어졌다. 우아한 취향을 가지되 없어 보이지 않도록.

보다 고급스러운 이미지의 잎 차가 아닌 티백 차를 좋아하게 된 것은 다름 아닌 가난에서 비롯된 것이었고, 티백으로 사업을 해야겠다는 생각 또한 가난에서 탈피해 보고 싶은 나름의 발버둥이었다.

무한리필까진 아니지만 여전히 책상 위에는 아침부터 세 번은 충분히 우려진 티백과 머그컵이 올려져 있다.

나의 자기를 찾아서

자기에 대한 철학적 담론

자기 (自己)
(호칭) (연인을 부를 때) darling, (slng) honey;
　　　　(너, 당신) you / (자신) oneself

자기 (瓷器/磁器)
[명사] 고령토 따위를 원료로 빚어서 아주 높은 온
도로 구운 그릇. [유의어] 사그릇, 사기, 사기그릇

　　첫 번째 자기(darling)를 떠올려 본다.
아무래도 나를 스쳐 간 자기들이 되겠다.
　'자기(혹은 자기야)'라는 말을 써본 적이 있던가 문득 생
각했다.

　그 표현만이 사랑하는 사람을 표현하는 말은 아니다.
그렇다고 특별한 애칭을 쓰는 걸 선호하지도 않았다.
하지만 미리 밑밥을 깔고 이야기하자면, 스스로는 애정
표현을 잘하는 사람이라 생각했다. 지금도 이 생각에는
크게 변함이 없다. 그러나 종종 표현이 부족하다는 말

을 나를 스쳐 지나간 자기들에게 들었던 것을 떠올리면, 막상 내가 생각한 만큼의 충분한 표현을 하지 못하는 걸 수도 있겠다는 생각을 해본다.

 그래서 생긴 버릇이 돌려 말하는 것이다. 영화 아바타에서 인사말과 사랑한다는 말을 모두 'I see you(나는 당신을 봅니다)'라고 표현한 것처럼 나 또한 '밥 잘 챙겨 먹었냐, 혹은 잠은 잘 잤냐'라는 말로 사랑을 표현했다. 그걸 너에게만 하는 사랑 표현이라 느끼길 바랐는지도 모른다. 수학적 표현으로 일종의 치환이었다. 수학은 지지리도 못하면서 치환이란 표현은 좋아했나 보다. 사실은 그 표현을 좋아했다기보다 직접적으로 표현하지 못하는 나를 위한 비겁한 변명인지도 모른다. 그렇게 몇 차례의 자기들을 떠나보냈다.

 이어서 두 번째 자기(oneself)를 떠올려 본다. 나는 자기 자신에 대한 애정이 그리 크지 않다. 일반화하는 것은 아니지만 간혹 자기애가 넘치는 사람 중에 본인의 생각이 무조건 옳다고 생각하고 강요하는 사람들을 봤다. 사실 자기애라고 표현하기도 애매한, 안하무인격인 태도로 다른 사람에게 피해를 주는 건강하지 못한 자기애를 펼치는 사람을 보곤, '나는 저러지 말아야지' 하는 생각이 뇌리에 박혔나 보다. 자기에게 애정이 큰 사람을 딱히 좋아하지 않던 성향이 스스로를 애정하는 마음을 조심스럽게 만든 건 아닐까 생각한다.

그래서 자기(darling)와 자기(oneself)를 다루는 법을 여전히 어려워하고 있는지도 모른다. 세 번째 자기가 눈에 들어온 건 그리 오래되지 않았다. 차를 시작하고 세 번째 자기를 좋아하게 된 건 맞지만, 정확히 말하면 차를 좋아하고 나서도 자기(瓷器)를 좋아하기까지의 시간은 무척이나 길었다.

차는 반드시 자기로 된 다구에 우려 마셔야 할 것 같은 어려운 이미지가 차의 진입장벽을 높인 것이란 생각을 가지고 있었기에, 고집처럼 다구 세트를 집에 들이지 않았다. 거기다 가격은 또 어떤가. 상대적으로 비싼 가격 또한 사람들이 차를 선뜻 취향으로 받아들이기 어려운 요인이라 생각해 못마땅해했다.

그래서 자기로 된 다구보다 유리를 좋아했다. 유리의 큰 장점은 흙으로 만들어진 자기와는 다르게 차 맛에 크게 영향을 주지 않는다는 점이다. 또, 디자인이 현대적이라는 것도 내게는 매력적으로 다가왔다. 또한, 처음 찻잎이 우러나오는 과정부터 탕 색을 밖에서 볼 수 있다는 점도 자기로 된 다구와 구별되는 장점이다. 여기에서 비롯되는 감각적인 모습은 취향을 SNS에 공유하기를 즐기는 젊은 세대에게 어필하기 딱 좋은, 소위 말하는 인스타그래머블(instagramable)한 감성을 더한다고 생각한다. 무엇보다 가격이 도자기에 비해 훨씬 저렴해서 입문용이나 연습용으로도 이만한 게 없다. 이러한 이유로 어쩌면 그동안 값비싼 도자기 다구를 사지 못했는지도 모른다.

　하나 더 중요한 사실은 가격과 상관없이 나의 눈을 사로잡는 다구가 없다시피 했다. 물론 차의 향과 맛을 보다 잘 보존시켜 주는 역할을 하겠지만, 비싼 값에 비해 디자인적으로도 내 이목을 끌기에는 부족하다 느꼈다. 그래서 더 고집스럽게 유리로 된 머그잔에 스트레이너를 가지고 잎 차를 즐겨왔다.

그러나 그런 나에게도 자기에게 빠져버린 사건이 발생했다. 매해 코엑스에서 열리는 국제차문화대전 행사에 4일 중 3일을, 마치 방앗간을 그냥 지나치지 못하는 참새처럼 발 도장을 찍고, 이곳저곳을 누볐다. 그곳에는 보통 차를 만드시는 분들과 차를 담는 도자기를 하시는 분들이 많이 오는데, 그날도 내 관심사는 다구보다는 차였다. 그런데 한 도자기 부스를 지나치다가, 마치 무언가에 홀린 듯 발길을 멈추고 무언가를 한참 동안 바라보았다.

매트한 질감에 따뜻함을 더해주는 약간의 상아색이 더해진 백자. 내가 가장 많은 시간을 보내는 공간의 인테리어와도 잘 어울리는 분위기에 뭉툭하지 않고 날렵한 느낌이 있는 개완 뚜껑의 가장자리. 내가 그간 바라던 개완(뚜껑, 몸통, 받침으로 구성된 중국식 다구)의 이상적인 모습이었다.

그렇게 처음 본 순간 '이거다'라고 생각했다. 사람이 첫눈에 반하는 시간은 8.2초라고 하는데 그 말이 맞는 것 같았다. 보고 나서 인지 단계로 넘어가는 순간, '이

건 내 거다' 싶었다. 집으로 데려가지 않으면 며칠간 잠이 오지 않을 것 같은 느낌, 심지어는 해가 지나더라도 집으로 데려가지 못한 자기가 아른거릴 것만 같은 느낌이었다.

처음으로 차 관련 부스가 아닌 도자기 부스에서 한참을 서성이기 시작했다. 그러고는 여전히 잘 다룰 줄도 모르는 개완을 이리저리 만지고, 직접 차를 따르는 시늉을 해가며, 똑같은 제품을 조금씩 비교해 가며 한참을 감상했다. 사지도 않으면서 같은 제품을 계속 번갈아 만지며 알짱거리는 내가 신경이 쓰였을 법도 한데, 작가님은 존중의 인사를 건네주었다.

무언가 대단한 결정을 할 때는 무의식이 충분히 고민할 정도의 시간을 주어야 한다고, 그래야 가장 합리적인 결정을 할 수 있다고 들었다. 이때 '무의식이 충분히 고민할 정도의 시간'은 잠을 자고 일어나 아침이 되었을 때까지의 시간을 의미한다.

실제로도 일리 있는 말이라 생각하여, 그렇게 실천하

려고 노력하는 나는 일단 개완을 하나 먼저 질렀다(?).
그날 선택하지 않으면 다른 사람이 가져가거나 혹은 내
마음이 다시 바뀔지도 모른다는 두려움 때문이었다.

 사실 무의식까지 고민하게 할 만한 거창한 결정이라
기엔 오버라고 생각할 수 있지만 내가 처음으로 들이
는 다구라는 점에서 큰 의미가 있었고, 엄청나게 비싼
금액은 아니었지만 당장의 생활비를 걱정하는 나에게
별생각 없이 소비할 수 있는 정도의 가벼운 금액도 아
니었다.

 그럼에도 불구하고 이 기회를 놓치면 앞으로 마음에
드는 다구를 직접 사는 일이 한참 동안은 없을 것 같다
는 느낌이 들었고, 바라볼수록 구입해야 한다는 생각에
확신이 차기 시작했다. 오히려 이건 의식이 개입하게
내버려 두면 안 되는 사건이었다.

 그래서 무의식이 개입할 시간을 주지 않고, 개완부터
데려오기로 결정했다. 이후 무려 이틀간이나 무의식에
게 합리적인 선택을 할 수 있는 시간을 준 뒤 3일째 다

시 방문하여, 달항아리처럼 생긴 퇴수기(잔을 데운 물이나 찻잔을 헹군 물을 버리는 그릇)와 숙우(탕관에서 끓인 물을 옮겨 적당한 온도로 식히기 위한 그릇, 차를 따르기 전 차의 농도와 맛을 균일하게 하는 용도도 있다), 문향배(차의 향을 맡기 위해 제작된 잔) 두 개와 찻잔, 그리고 받침대까지 거의 세트 구성으로 지르기에 이르렀다.

이틀씩이나 무의식에게 합리적인 선택을 할 수 있도록 시간을 주었기 때문에 구입하고 나서도 마음이 벅차오르고 매우 뿌듯한 감정을 느낄 수 있었다.

많은 자기들을 집으로 데려와 통장에는 제법 출혈이 있었으나, 합리적인 선택이라고 생각했다. 집에 놓인 다구를 볼 때면 가격 따윈 이미 생각나지 않고, 기분이 좋아졌다가 급기야는 마음이 편안해지는 감정변화의 순간을 포착했기 때문이다.

역시나 행복은 자기만족에서 오는 거라고 했던가. 여전히 테이블에 놓인 이 친구들을 볼 때마다 미소가 만개한다. '차'라는 취미를 시작하고 도자기가 예뻐 보이고 욕심이 나기 시작한다면 그때부터는 본 게임이 시작된다. 강제로 맥시멀리스트가 되는 삶이. 여러모로 큰 일이다.

차 도구뿐만 아니라 실용성으로는 하등 쓸모없는 달 항아리 같은 것들까지 예뻐 보이고 사들이고 싶은 욕구가 뿜어져 나온다면 이미 돌이키기엔 너무 많은 강을 건넌 거라고 말하고 싶다. 한평생 자기와 자기에게 빠지지 못한 내가 결국 자기에게 빠져버린 순간이 찾아온 것이다.

돈이 없어 한 번이라도 더 리필해 마시려고 시작한 차라고 떠들어댔지만, 아직 가보지도 못한 그 끝이 창대해 보인다. 거기다가 싱글 티의 방대한 세계에 발을 들이자 차(tea)값으로 차(car)값 날리게 생긴 격이다.

싫어하는 사람이 있으면 차를 입문시켜주라는 말이 이해가 갔다. 그러나 그 말을 들었을 때 이미 난 늦었다. 돌이킬 수 없는 강 한가운데에서 열심히 잔고를 탕진하고 있으면서도 즐거워하고 있는 본인을 발견했을 때란. 긍정을 넘어 낙천적으로 생각해보면 예전에는 생각지도 못했던 기호의 취미를 내가 가질 수 있음에 감사하는 마음이랄까.

어쨌든 간에, 그간 아껴주지 못한 자기(oneself)와 자기야(darling)라고 불러주지 못했던 지나간 자기들을 떠올리며 새로운 자기에게는 이 말을 아끼지 않고 많이 해줘야겠다.

자기야, 사랑해.

…

글쓰기와 민망함의 상관관계
다소 민망한 차 이야기

글을 쓴다고 말하는 것만큼이나 민망하고 부끄러운 일이 있을까. 여기서 부끄럽다는 표현은 내가 감히 글쓰기를 폄하하는 의미에서 하는 말은 당연히 아니다. 그러는 와중에도 읽히고 싶은 글을 쓰고 싶다. 조금 더 욕심을 부려보자면 맛있게 읽히는 글.

보통 글을 쓴다고 말하면 어떤 글을 쓰냐는 물음에 대답해야 하는 것으로 시작해 대표적인 글이라도 하나 보여줘야 할 것 같은 느낌을 받는데, 그때부터 부끄러움은 시작된다. 여기서 가장 큰 문제는 어떤 글을 쓰냐는 자주 받는 질문에 뭐라 답변해야 할지 모르겠다는 것이다. 게다가 마땅한 주제랄 게 없어 에세이라는 말로 갖다 붙이는데, 에세이를 쓴다고 말하면서도 여전히 잘 모르겠는, 에세이라는 친구에게 항상 미안할 따름이다.

그다음은 '대표적인 글'이라는 표현에서 비롯되는 문제다. 글이란 게 내가 가진 생각의 파편에서 비롯된 것인데, 겨우 파편일 뿐인 글 하나를 읽고 내 생각을 혹은 나를 온통 표현한 것이라 생각할까 봐 겁나는 게 첫 번째이다. 반대로 파편일 뿐인 생각이지만 직접 말하지 못하고 있던 깊은 속마음을 들킨 것 같은 느낌 때문에 스스로 안절부절못하게 되는 것도 또 다른 문제이다.

더군다나 나는 그 사람에 대해 알지 못하나 그 사람은 내 깊은 곳까지 한순간에 일방적으로 여행할 수 있다는 사실이 두렵다. 마치 나 혼자서 발가벗겨진 상태로 상대방의 시선을 느끼는 기분, 상대방의 패는 전혀 알지 못한 채 내 것만 모두 보여준 느낌이라고 말하면 비유가 적절할까 싶다. 그래서 누군가에게 글을 보여준다는 행위는 여전히 너무나 어렵다.

사실 이런 이유들로 이미 나를 알고 있는 사람들보다는 아예 모르는 사람에게 글을 보여주는 게 오히려 마음이 편하기도 하다. 이런 경우에는 본인과의 관계 속에서 나를 보려 하지 않고, 원래 알고 있던 나와 글 속에 있는 나를 견주어보려 굳이 노력하지도 않기 때문에. 나를 모르는 사람일수록 서로의 컴포트 존을 지키며 아무 편견 없이 글 자체만을 바라봐주고, 그 속에 있는 나를 봐준다.

글을 평가받는 것도 부끄러운 일이지만, 글을 통해 내가 평가받는다는 건 부끄러움을 넘어 두려운 느낌마저 든다고 말할 수 있다. 그래서 나는 주변 사람들에게 내 글을 보여주지 않는 편이고, 글을 쓴다는 사실조차 굳이 말하지 않았다. 사서 민망할 일을 만들지 않기 위해.

그래서 글을 쓴다고 말하는 건 민망함을 무릅쓰는 일이다.

차에도 '민망하다'라는 단어와 관련 있는 차가 있는데, 그 주인공은 '황차'다. 황차는 6대 다류(찻잎의 제조과정에 따라 차를 녹차, 백차, 황차, 청차, 홍차, 흑차로 여섯 종류로 구분한 것) 중 특이하게 '민황'이라는 독특한 제조과정을 거치는데, 민황의 '민(燜)'이라는 글자가 민망하다는 뜻을 가지고 있다.

민황의 제조과정을 쉽게 비유해보자면, 물이 뚝뚝 떨어지는 축축한 빨랫감들을 덥고 습한 방에 켜켜이 쌓아두고 발효를 시키는 것과 비슷하다. 그러면 빨래에서 쉰내가 나듯 황차에서도 이 민황 과정을 통해 발현되는 특유의 빨래 덜 마른 듯한 향이 난다. 덜 마른 빨래를 입으면 냄새가 나 민망하다는 느낌을 과거 사람들도 느꼈기에 이런 의미가 전해 내려왔는지는 모르겠으나, 이 제조과정의 이름을 민망하다는 뜻을 사용하여 '민황'이라 불렀다고 한다.

실제로 황차의 향을 맡으면 향에 예민한 사람들은 빨래 덜 마른 듯한 쉰내를 잘 캐치하기도 하지만, 신기하게도 보통은 민황의 발효과정에서 쉰 듯한 향을 원래 찻잎의 아로마인 과일과 꽃의 오묘한 향으로 인식하곤 한다.

한잔에 우주

생산량이 적어 구하기 쉽지 않아 나름 귀한 차에 속하지만, 개인적으로 좋아하는 느낌은 아니다. 후각이 예민한 건지, 나에게는 과일과 꽃의 아로마보다는 쉰내와 같은 특징이 더 도드라지게 느껴지기 때문이다.

어쩌면 황차의 제조과정에 어린 시절의 내 이미지가 투영돼 보이는 것 때문일 수도 있다. 무엇보다 좋은 맛을 내기 위해 민망한 상황을 견디고, 긴장하고 땀 흘리는 듯한 제조과정이 왠지 애처롭게 느껴지는데, 그 모습이 사람들 앞에만 서면 어리숙하여 뚝딱거리고 바보같이 민망해하며 땀 흘리던 어린 시절의 나를 보는 것 같아 괜히 눈길을 피하고 싶다는 느낌이 그것이다.

보기 쉬운 차는 아니지만 나중에 혹시라도 황차를 보게 된다면, 이 이야기를 떠올려주길 바라본다. 나 또한 용기 내어 앞으로도 사람들에게 보여주기 민망한, 치부를 드러내는 글들을 더 열심히 써 내려가 보려 한다.

그럼 이만 부끄러우니까 돔'황차'.. ㅎ

황차에 대한 설명을 더 보태자면, 현재는 제조 방법에 따라 분류된 다류를 색상에 맞게 백차, 황차, 녹차, 청차, 홍차, 흑차로 이름 붙였지만, 원래 황차(黃茶)는 색상으로 분류한 건 아니었다. 황제에게 바쳤던 최고급 백차와 녹차라고 해서 '황차(皇茶)'라는 이름이 최초로 붙었고, 위에서 말한 민황이라는 후발효 과정 때문에 백차, 녹차와는 다른 풍미를 지니게 되었다.

+ 앞서 말한 황차는 중국차를 기준으로 말한 것이며, 요즘 우리나라에서 생산하여 시중에 판매되고 있는 황차는 위에서 말한 중국차와 생산 과정의 차이가 있어, 맛도 중국 황차와는 큰 차이가 난다. 사실상 이름은 동일하게 황차이나, 다른 차라고 봐도 무방하다.

물고문의 향연

물고문이라고 들어는 봤는가? 실로 물고문을 처음 경험해 본 것은 단연 찻자리였다. 그중에서도 가장 크게 기억에 남는 찻자리는 보이차를 마시기 위한 자리였는데 시선을 끈 건 차 도구였다.

아이들 소꿉놀이할 것 같은 작디작은 도자기(차호)에 잔은 더 작다. 저렇게 마셔서 간에 기별은 가려나 생각하고 자리에 앉아 따라주는 대로 차를 홀짝거린다. 첫 잔을 들 때까지만 해도 차를 우리는 도자기 정도는 들고 마셔줘야 마신 느낌이 나지 않을까 생각했지만 이내 그 생각은 쏙 들어가게 되었다.

　작은 다구에 찻잎이 대체 얼마나 들어가 있는 건지, 물을 계속 따라 부어도 흑색의 찻빛은 여전했으며 옅어질 기미가 보이질 않는다. 그렇게 몇 시간을 소꿉놀이하듯 차만 마셔댄다.

　작디작은 잔을 가지고, 앉은 자리에서 1~2리터쯤은 거뜬히 해치우는 거다. 오로지 물만 마시는 거라면 진작에 물배 차서 도저히 마실 수 없는 지경의 양이겠지만 신기한 게 배가 부른듯하지만 마시는 족족 들어가게 된다. 마치 술과 같다고 표현할 수도 있겠다. 대신 슬슬 방광이 터질듯한 느낌이 들뿐, 생각보다 배는 문제가 없어 보인다. 흔히 말하는 '밥 먹는 배 따로, 디저트 먹는 배 따로 있다'는 말 같지도 않다고 느낀 말이 실제로 존재한다고 느낀 건 차를 접하고부터였다. 이 문장을 많이 사용했던 사람들에게 심심한 사과의 말씀을.

　어쨌거나 우린 이걸 물고문이라고 불렀다. 최초로 이렇게 말한 사람이 누구인가 싶을 정도로 다도 동아리에

　　　　　　　　　　　　　　한잔에 우주

서도, 티소믈리에 과정을 공부하던 때도 차를 좋아하는 사람들과의 찻자리에 가면 약속이나 한 듯 모두가 공용어로 이 단어를 썼다.

그렇게 자발적으로 물고문을 당하다 보면, 사람마다 차이는 조금씩 있겠지만 찻자리에 앉고 나서 처음 화장실에 가는 시간은 그렇게 짧지 않다. 그러나 한 번 포문이 열리게 되면 갈수록 화장실을 찾게 되는 텀은 급격하게 짧아진다. 홍수라도 난 것처럼 방광이 범람하는 느낌이다. 문제는(문제라고 하긴 표현이 그렇지만) 화장실에 다녀와서도 다시 앉아서 계속 마신다는 것이다. 그렇게 조금 괜찮아졌다가 다시 마시고 화장실, 그리고 다시 괜찮아졌다가 계속 마시기를 반복하는 자발적인 고문을 지속한다.

다시 자리에 앉으면 차를 우리는 자사호(개완과 함께 가장 유명한 중국 다구로, 자사(紫沙)라는 광석으로 만든다)에도 새롭게 뜨거운 물이 들어가고 얼마 되지도 않아 작은 잔에 차가 따라진다. 강요하는 사람은 없지만 잔이 채워짐과 동시에 기계적으로 잔은 입술로 향한다. 흡사 뫼비우스의 따다. 끊어지지 않고 무한 반복이 일어나는 이 현장은 인터스텔라처럼 시공간마저 넘나드는 느낌이다. 실제로 시공간을 넘나드는 대화가 오가기는 한다. 이렇게 짧은 시간 동안 많은 양의 액체를 집어넣을 수 있다는 사실도 비현실적으로 느껴진다.

화장실을 자꾸 들락날락해야 하는 번거로움은 있지만 작은 도자기 찻잔에 따라진 차를 조심스레 호로록, 홀짝 하는 기분이 좋다.

그저 이 행위를 반복하고 있는 것에 집중한다. 그러다 보면 다른 생각은 들지 않고, 몸도 마음도 편하다는 생각이 나를 지배한다.

몸과 마음에 여유가 생기면 다시 시선은 주변의 차 도구들로 향한다. 다시 눈길을 둔 찻잔의 모습도 슬슬 마음에 들기 시작한다. 처음 봤을 땐 소꿉장난도 아니고 뭐 이리 작은 주전자와 잔이 있나 했는데 마시다 보니 그 이유를 알겠다. 차가 가장 맛있는 적당한 온도에서 호록-하고 한두 입에 마시기 좋은 양, 그리고 얇디얇은 찻잔 가장자리의 두께는 찻잔을 입술에 댔을 때 기분 좋게, 온전히 차 맛을 전해주기 위함이었음을 깨닫고 한 차례 더 감동한다.

어쨌거나 그렇게 차를 따라주는 족족 한두 잔씩 거듭 마시다 보면 혈중 찻물 지수가 증가하게 되는데, 그 대 표적인 증상이 바로 몸이 축 처지는 것이다. 축 처진다 는 말보다 푹 퍼진다는 말이 조금 더 어울릴 듯하다. 좋 게 말하면 차를 통한 몸과 마음의 이완, 적나라하게 말 하면 차에 취하는 느낌이다. 알코올 한 방울 안 섞였지 만, 몸이 축 늘어지는 느낌이 술에 취해 늘어지는 것과 비슷하다.

차에 취한다는 느낌을 나만 느끼는 건가 싶었는데 아 니었다. 실제로 차에도 취한다는 표현이 있었다. 이것 을 '차취'라고 부른다. 이 또한 주량처럼 사람마다 차량 이 다른데, 본인의 차량을 넘어서게 되면 기분 좋은 이 완을 넘어 땅속으로 푹 꺼지는 듯한 느낌을 받기도 한 다.

하지만 이때 차에서 깨는 명약이 있다. 그건 바로 술

이다. 차취를 깰 수 있는 특효는 술을 마시는 거다(아, 물론 과학적 근거는 없다). 차로 인해 몸이 축 처질 정도로 이완됐을 때 몸을 깨워주는 건 신기하게도 시원한 술 한 잔이다. 그럴 때는 다른 술들도 좋지만, 개인적으로는 도수가 높은 위스키나 전통 증류주 혹은 스파클링 감이 있는 하이볼이나 샴페인 종류가 좋았다. 그렇게 술로 몸을 간단하게 깨운 뒤 다시 본격적인 술자리, 아니 찻자리가 시작된다.

　그렇게 신나게 또 술을 마시다가 취기가 돌면, 술을 깨는 가장 좋은 방법은 단연 다시 차를 마시는 거다. 이 또한 뫼비우스의 띠다. 이제는 깼다가 마셨다가, 마셨다가 깨기를 반복하는 찻자리와 술자리의 반복이다. 서로 취하게 하고, 다시 깨워주고 이 얼마나 아름다운 현상인가. 그 가운데 끝없는 물고문이 이어지는 거다. 이렇게 찻자리 같은 술자리 혹은 술자리 같은 찻자리를 즐기다 보면 화장실을 드나드는 텀과 함께 밤도 매우 짧아진다. 어쩌면 수명도 짧아질 수 있으니, 술은 조금 자제하도록 하는 것이 좋겠다. 그걸 알면서도 이 맛에 빠지게 되면 사실 헤어 나오기가 쉽지는 않다. 자제는 하되 모든 사람이 이걸 꼭 경험해 보길 바라는 바다.

차는 결코 어렵지 않다. 물고문을 경험해보겠다는 마음가짐 하나면 충분하다. 준비가 되었다면 물고문의 세계로 당신을 초대한다. 앞으로 훨씬 더 다채롭고 향긋한 삶이 이어질 것이라 장담한다.

실제로 찻잎에 들어있는 각종 아미노산(아스파라긴산과 알라닌)과 비타민C 성분은 알코올 분해 효소의 작용을 증가시켜 알코올 분해가 빨라지도록 돕는다. 또한 카페인의 이뇨작용으로 알코올을 빨리 배설하게 하여 숙취 해소에도 도움이 된다.

산업 스파이

　　사실 다도 동아리에 들어가기 전부터 언젠가 나는 차를 가지고 내 미래를 그려봐야겠다고 생각했었다. 그 언젠가가 언제부터였는지는 나도 잘 모르겠지만 어느 순간부터 머릿속에 깊이 박혀있었던 것은 확실하다. 언제부터였는지도 모를 무의식 속에 박혀있는 이 생각을 그냥 편하게 운명이라 생각하기로 했다.

　동아리 가입에 아주 약간은 다른 목적도 존재했지만, 본질은 차였다. 정말이다.

그도 그럴 것이 이미 나는 차 동아리에 들어가기 전부터 교내 카페에서 일을 하고 있었다. 그 이유는 장차 언젠가는 하게 될 차 사업을 하기 위해서는 차 시장의 유력한 라이벌인 커피산업을 알아야 한다고 생각했기 때문이다. 그래서 일찍이 산업스파이로 활약해 보기로 했다. 사업의 'ㅅ' 자도 모르는 약 스물세 살의 패기 가득 찬 복학생에게 처음부터 라이벌은 동종업계의 티 브랜드가 아닌 같은 음료 시장에서 상위 포식을 하고 있는 커피였던 것이다. 적을 알고 나를 알면 백전백승이라 했던가, 그래서 나는 적을 알기 위해 적진으로 과감히 침투했다.

그 스물세 살의 복학생은 2학년 1학기가 끝나고 여름방학이 되어 고향으로 내려가는 날, 마치 대2병 가득한 고독한 싱어송라이터처럼 기타를 메고 교내 카페에 들어가 물었다.

"여기 알바 뽑나요?"

교내 카페를 제외하고도 학교 후문에 카페는 꽤 있었

한잔에 우주

지만, 문을 두드린 건 단 한 곳이었다. 주로 학교 후문 카페는 개인 카페였고, 찾아갔던 교내 카페는 국내 1호 토종브랜드이자 당시로서는 1위 프랜차이즈 카페였기 때문이다. 당시 매니저였던 대장 누나는 그 당돌함에 당황하며, "다음 학기 채용은 여름방학 기간에 페이스북 대나무숲 페이지 공지에 올라갈 거예요."라고 웃으며 말해주었다.

대답을 듣고, 몸만 한 기타를 짊어진 채로 꾸벅 90도 인사를 하고는 곧장 카페를 나왔다. 새 학기가 시작되고 카페 첫 회식 자리에서 카페 대장 누님은 내 에피소드를 언급하며 이런 애도 있었다고 말했다. 덧붙여 그때 그 모습이 인상 깊어서 면접 볼 때까지도 잊히지 않았다고 했다.

그것은 분명 두꺼운 낯짝과 즉흥적으로 움직이는 나의 P의 성향(MBTI)이 더해져 만들어 낸 시너지였다. 긍정적으로 작용할지 부정적으로 작용할지 사실 확률은 반반이긴 했을 테지만, 그걸로 인해 얼굴도장은 확실히 찍었던 모양이었다. 어쨌거나 바라던 카페 일을 하게 됐다. 산업 스파이로의 역할을 수행하기 위함도 있었지만, 사실 교내에서 할 수 있는 아르바이트 중 카페 아르바이트가 꽤 멋져 보인다는 느낌도 한몫했다.

카페에서 일하는 이미지가 내 머릿속에 왜 이렇게 미화됐는지 곰곰이 생각해보니 요즘 친구들은 아마 뭔지도 잘 모를 정도로 아주아주 예전에 방영했던 〈커피프린스 1호점〉이라는 드라마의 높은 지분 탓이다. 카페에서 일하던 드라마 속 주인공들의 모습이 실상을 크게 왜곡했던 모양이다. 카페에서 일하는 내 모습도 어쩌면 그 드라마 속 주인공들처럼 멋있어 보일 수 있지 않을까 하는, 나의 크나큰 착각이 만들어 낸 결과물이었다.

그러나 카페 아르바이트의 환상은 시작과 동시에 와장창 깨졌다. 처음 맡게 된 파트타임 스케줄이 모두 마감 근무로 들어가는 바람에 커피 내리는 일보다는 바닥 청소를 비롯한 화장실 청소의 비중이 컸기 때문이다. 사실 전부라고 봐도 무방했다. 일 시작한 지 며칠도 안 돼 산업스파이로의 굉장한 미션이 함께 깨질 뻔한 순간이었다.

그럼에도 불구하고 그런 자잘한 고비를 매번 넘겨 가며 거의 2년간, 그러니까 대학교 학기로 치면 4학기 정도를 그곳에서 일했고, 결국 나는 교내 카페 아르바이트 지박령으로 자리매김했다. 시작부터 험난했지만 나름 커피 프린(스파이)로의 역할을 묵묵히 해내고 있었다. 그 4학기 동안 카페 매니저가 두 번이 바뀌었으나 나는 항상 그대로였다. 말 그대로 고인물, 아니 고인 커피였다. 수업이 끝나고 일하러 가는 게 자연스러웠다. 내 파트타임이 아니더라도 시간이 남을 땐 도와주러 갔고, 더욱이 그곳은 할 게 없을 때 쉬러 가기도 하는 나만의 아지트 같은 곳이었다.

그런데 간혹 첩보물 영화를 보다 보면 스파이들이 본분을 잊고, 그 세계 생활에 녹아들어 행복하게 지내는 장면이 있지 않은가. 그러다 본국에서 보낸 새로운 스파이들에 의해 처단당해야 하는 지령까지 받게 되고. 그렇게 생사를 넘나드는 위험에 쫓기고, 그럼에도 불구하고 새로운 곳에서 함께 지내는 사람들을 지키기 위해 자신을 희생하는 그런 스토리. 어디선가 몇 번쯤 그런 흐름을 본 것 같다.

내가 그 꼴이 될 뻔했다. 대학 생활 내내 나만의 아지트가 생겨버린 탓에 산업 스파이의 본분을 망각했다. 커피 프린(스파이)가 아닌 커피 프린스 자리를 즐기고 있었다. 물론 그렇다고 해서 영화에서처럼 누군가 날 해하려 들지는 않았지만, 나 또한 커피를 지키려 하지도 않았다. 아니, 굳이 지킬 필요를 느끼진 않았다. 애초에 내가 커피를 자유롭게 즐길 수 있는 사람은 아니었기 때문이다. 무슨 말인가 하면은 커피를 좋아해봤자 하루에 한 잔밖에 마시질 못했다. 적정량은 딱 한 잔, 두 잔부터는 치사량이었다.

마치 주량과도 같은 거였는데, 지금까지의 나의 커피 빅데이터를 살펴보면 저녁 5시 이후로 커피를 마시면 새벽 늦게까지 잠들지 못한다. 그래서 저녁 시간이 되면 최대 섭취량은 두 잔도 아닌 한 잔으로 바뀐다. 낮에 마시더라도 두 잔을 넘기면 안 된다. 물론 술에 취한 것처럼 정신을 못 차린다거나 카페인에 엄청나게 예민해 심장이 쿵쾅거린다거나 하는 정도는 아니지만, 하루의 패턴을 완전히 바꿔버린다는 점에서 나에게는 위험한 존재였다. 그래서 카페에서 일할 때도 주로 커피를 마

한잔에 우주

시기보다는 카페인이 덜한 차 종류나 카페인이 없는 로즈마리 같은 허브류의 티백을 마시곤 했다.

커피에 푹 빠지지 않을 수 있었던 또 하나의 이유는 냄새였다. 주문한 커피 한 잔을 손에 들었을 때 혹은 커피를 시키기 위해 카페에 막 들어갔을 때 커피 향은 너무나 좋다. 그러나 하루종일도 아닌 고작 서너 시간 파트타임을 하며 카페 주방 안에 있다 보면 커피 원두 향이 생각했던 것보다 더 진하게 밴다. 더군다나, 반복적으로 하는 우유 스팀 작업 때문인지 비릿한 우유 향이 옷과 살갗에까지 배어들었다. 그 사실을 깨닫게 된 건, 일이 끝난 후 유니폼을 갈아입고 강의실에 수업을 들으러 갔음에도 여전히 나에게 반갑지 않은 녹진한 커피 향과 우유 비린내가 진동하는 걸 스스로 느꼈을 때다. 커피를 사 마실 때 느낄 수 있는 향기로운 커피 향과 장시간 카페에서 일하며 몸에 밴 커피 향의 괴리감은 상당했다. 많은 것이 그러하겠지만, 커피 역시 돈 주고 사 마실 때가 가장 향기롭고 맛있다는 걸 그때 알게 되었다.

그러나 차는 그와 달랐다. 온갖 차에 둘러싸여 더 많

은 시간을 함께하는 지금까지도 내 몸에서 차향이 났으면 좋겠다고 생각한다. 이것이 내가 차를 사랑하는 가장 큰 이유이기도 하다.

　이러한 이유로 다행히 나는 산업 스파이의 본분을 끝까지 지킬 수 있었고, 마지막 학기를 남기고 카페를 과감히 떠날 수 있었다. 내가 떠난 자리에 친한 친구를 심어두고 나오는 마지막 미션까지 완벽하게 수행하며 산업 스파이 활동을 나름 성공적으로 마무리했다. 그러나 곧바로 차의 세계로 돌아가지는 않았다. 다음 산업 첩보 활동은 주류시장이었다.

1. 커피와 차 카페인 비교.

 같은 양(g)의 커피 원두와 찻잎의 카페인 함유량을 비교해 본 다면 커피 원두보다 찻잎에 함유된 카페인이 더 높다. 그러나 한 잔을 기준으로 했을 때, 차는 한 잔에 2~3g의 찻잎이 사용되 지만, 커피 한 잔에는 원두가 15~20g이 사용된다. 결과적으로 한 잔 기준 카페인의 양은 차보다 커피가 높다.

 스타벅스 제품 영양 정보란을 기준으로 한 잔의 양에 함유된 커피와 차 카페인을 비교해 본다면,

 아메리카노 톨 사이즈(355ml)의 카페인은 150mg,
제주 유기농 녹차의 카페인은 16mg,
홍차류인 잉글리시 브렉퍼스트와 얼그레이의 카페인은 동일하 게 각각 70mg로 기재되어 있다.

 참고로 식품의약품안전처가 권고하는 하루 카페인 섭취 제한 량은 400mg, 임산부는 300mg 이하이다.

<u>2. 차 종류에 따라 카페인 함량이 다르다?</u>
<u>(녹차와 홍차 카페인 차이)</u>

위에서 스타벅스 음료를 기준으로 녹차와 홍차의 카페인도 비교해 보았지만, 반드시 모든 홍차가 녹차보다 카페인 함유량이 높다고는 볼 수 없다.

카페인이 추출되는 조건은 같은 다류라 할지라도 엽종에 따른 차이, 같은 엽종에서도 채엽 시기에 따라 차이가 있기 때문이다. 그러나 일반적으로는 녹차는 카페인 함량이 보다 낮은 소엽종 위주로 생산되고, 홍차는 카페인 함량이 보다 높은 대엽종 위주로 생산되어 일반적으로는 홍차가 녹차에 비해 카페인이 높은 경우가 많으니 참고용으로 보면 좋을 듯하다.

식품의약품안전처 식품영양성분 데이터베이스에 등록된 제품별 카페인 함량을 보면 녹차는 주로 15~50mg, 홍차는 47~90mg 정도 범위인 것으로 확인된다.

그 외에 카페인은 물의 양, 추출 온도, 우림 시간에도 영향을 받는다. 더 많은 물과 높은 온도에서 긴 시간 우릴수록 카페인 추출량이 많아진다.

곡차를 아십니까?

곡차 :
술을 돌려 말했던 승려들의 은어. 말 그대로 '곡식으로 만든 차'라는 의미인데, 막걸리와 같은 한국의 전통주는 거의 곡식으로 만든다. 조선의 승려 진묵대사가 술을 마시다가 겸연쩍어져서 차(茶)라고 부르게 된 것이 어원이다.

'와… 이런 게 술인 건가? 이게 정말 술이구나!' 내적 물음이 감탄사로 바뀌는 시간은 그리 길지 않았다. 조금 과장을 보태자면 술을 마시면서 처음으로 혀와 머릿속에서 폭죽이 터지는 듯한 경험을 했다. 사실 그간 술을 마시며 술 자체로서 맛이 좋다고 느꼈던 적이 딱히 없었기 때문이다.

그러던 중 위스키, 아니 정확하게 말하면 라가불린 16년(스코틀랜드 아일라 지역의 대표적인 싱글몰트 위스키 중 하나)은 내가 가진 차의 세계마저 넓혀 주었다. 그때까지만

해도 나는 양주를 싫어하고 나와는 안 맞는 술이라고
생각했다.

　이렇게 생각했던 이유는 소주와의 콜라보로 이루어졌
던 경험 때문이다. 돈은 지금도 없지만 비교적 돈이 더
많이 없던 대학생 때 양주는 누군가가 귀하게 한 병을
가져왔을 때, 수많은 경쟁자를 물리치고 끝까지 살아남
은 자만이 마실 수 있는 술이었다. 그러나 끝까지 살아
남은 소수 인원도 이미 엄청난 양의 소주와 맥주로 인해
미각과 함께 정신마저 희미한 상태인 경우가 대부분이
었다. 그렇게 다들 거나하게 취한 상태에서 조금씩 나
눠 마시니 결국 양주의 참맛은 느끼지도 못함은 물론이
고, 그전까지 마셨던 수십 잔의 소주와 섞여 더 고통스
러운 다음 날을 맞이하게 할 뿐이었다.

　막걸리의 기억도 비슷했다. 막걸리 자체는 굉장히 달
콤하고 맛있었지만, 소주와 번갈아가며 진탕 마시고 나
면 20대의 가장 쌩쌩했던 간을 보유했음에도 다음 날
심한 숙취를 느꼈다. 내가 또 술을 마시면 사람이 아니
라는, 말 같지도 않은 선언을 처음 내뱉었던 때도 막걸

리와 소주의 콜라보로 인한 숙취를 느낀 이후였다. 그 뒤론 기꺼이 사람이기를 포기하고, 사람이 아닌 채로 여전히 잘 살아가고 있다.

그래서 이번에는 곡차(茶)와 관련된 이야기를 해보고자 한다.

소주

위에서 말했듯 소주와 함께 콜라보하는 바람에 그동안 위스키도, 전통주도 그 참맛을 알지 못했다. 하지만 "소주 자체를 원래 싫어했냐?"라는 물음에는, "그건 또 아니었다."라고 답하고 싶다. 소주를 처음 마셨을 때를 회상해 보면, 내가 의외로 술이 체질인 건가 싶을 정도로 달콤하고 맛있었다. 그 시기가 성인이 아니었어서 문제지(물론, 어른께 배웠다) 성인이 돼서 처음 마신 소주가 그토록 맛있다고 느꼈다면 내 삶은 생각보다 크게 달라졌을 수도 있다고 생각한다.

그러나 그 시기를 잘 보내고 다시 대학교에 들어가 마시게 된 소주의 맛은 오히려 이전처럼 달콤하지 않았다. 마치 즐겁기만 하던 놀이가 돈을 벌어야 하는 일이 되면 흥미가 뚝 떨어지는 것과 비슷하게 대학교에서 경험한 술자리는 내 의지와는 크게 상관없이 보통 부어라 마셔라의 분위기였고, 나는 그런 술자리를 매우 싫어했다. 그래서인지 더 이상 소주는 달다기보다는 쓰고 강한 알코올 향이 나는 화학 약품처럼 느껴졌다. 그러나 가난한 대학생이 마실 수 있는 선택지는 주로 소주와 맥주, 크게 두 가지를 벗어나지 못했다. 그렇게 딱히 흥미도 잃어버린 소주를 먹다가 간혹 지나치게(over) 먹는(eat) 날에는 말 그대로 오바이트를 하고 적어도 반나절은 땅바닥과 붙어있어야 했다.

 그래서 오히려 성인이 되고 나서 자연스레 소주보단 맥주파가 되었는데, 이 또한 나에게 딱 맞는 선택지는 아니었다. 그저 소주가 더 이상 입맛에 안 맞아 맥주를 찾은 것일 뿐, 맥주를 좋아해서 마신 것인가라는 물음에는 스스로도 확실한 답을 내리지 못했다.

맥주

　돌이켜보면 맥주도 본연의 맛보다는 시원하고 청량한
목 넘김이 좋아 즐겼다. 그래서 오히려 성인이 되기 전
맥주를 배웠을 때는 이걸 왜 마시나 싶었다. 소주는 달
콤한 맛이라도 있었지 맥주는 소 오줌(물론 소 오줌을 마셔
보진 못했지만) 같은 걸 마시는 기분이어서 도무지 왜 마
시는 건가 싶었다. 맥주의 시원하고 청량한 목 넘김은
콜라라는 훌륭한 대체재로 이미 만족하고 있었기 때문
에 성인이 된 직후에도 꽤 오랫동안 치맥보다는 치콜을
좋아했던 사람이었다.

　미운 것도 자꾸 보면 정이 드는 것과 같은 맥락인지는
모르겠지만 소주가 싫어져 대안으로 찾은 맥주를 꾸준
히 마시다 보니 점점 그 매력을 알게 되었다. 대학을 마
치고 갔던 유럽 여행에서는 맥주로 유명한 벨기에에 가
서 열 가지가 넘는 맥주를 비교 시음해 보고, 맥주 양
조장 투어를 하는 등의 맥주 투어를 하기도 했다. 프라
하에서는 도착하자마자 코젤 다크를 찾았던 것과 더불
어 유명한 수도원(역사적으로 중세 시대 맥주 맛의 발전과 문화

의 부흥을 이끌었던 중요한 곳)의 맥주와 폭립을 찾아다니기도 했다. 이걸 보면 좋아했던 때도 있다고 말할 수 있겠으나 그렇다고 평소에 맥주를 마시는 빈도나 마실 때의 양이 많은 건 아니었다. 그렇게 맥주도 어느 시점이 지나고부터는 잘 찾지 않게 되었다.

와인

그렇다면 와인은 어땠을까? 소믈리에라는 직업이 따로 있는 것처럼 와인은 굉장히 다양하면서 어려워 보였고, 감히 나 따위가 즐겨 마실 수 있는 술이 아니라는 편견에 사로잡혀 있었다. 내 생각에 와인은 드라마에서나 부잣집 사람들이 고급 레스토랑에서 파인 다이닝과 함께 곁들이는 그런 술이었던 것이다.

대학 과정을 마치고 호주로 워킹 홀리데이를 갔을 때, 나는 보통의 한국 사람처럼 소주 생각이 간절한 편이 아니었다. 그런 데다가 호주는 소주에 비해 와인이 훨씬 저렴하다 보니 여러 종류의 와인을 마셔볼 수 있었다. 문제는 아무것도 모르고 마시다 보니 기억나는 맛이 없다는 것. 기억나는 것이라고는 노란색 꼬리를 가진 캥거루가 그려진 라벨의 와인병 뿐이었다. 맛은 잘 기억나지 않았지만 생각보다 숙취는 소주에 비해 덜하다는 느낌을 받았다.

그러나 와인은 앞서 말한 것처럼 뭔가 알고 마셔야 할 것 같고, 그렇다고 배우기도 마땅치 않아 입문하는 것에 대한 진입장벽이 높아 보였기에 당장 나와는 친해지기 어려운 술이라고 느꼈다. 시간이 흘러 이러저러한 와인을 경험해 보며 느낀 것은 와인을 좋아하다가 혀가 한 번 비싸고 좋은 것에 길들여지기 시작하면 길들여지는 혀의 속도에 비해 아주 평온한 내 통장잔고는 금방 거덜이 날 것이라는 점이었다.

결정적으로 두 번째 산업스파이(주류시장)로 선택했던 술집에서 아르바이트를 하면서 술과의 거리감만 더욱 커져버렸다. 사람들이 허구헌 날 술을 그렇게나 마시는 걸 당시에는 지금보다 더 공감하지 못했다. 심지어 매장에 하루가 멀다하고 출석체크 하듯 오는 손님들이 내

입장에선 신기했다. 나는 대학생 때부터 부어라 마셔라 하는 그런 문화 때문인지 딱히 술을 즐기지 않았고, 사실 매일 아르바이트하기 바빠 술 마시고 놀 시간도, 돈도 없었기에 이해하기 어려웠다.

그 결과 '나는 생각보다 술을 좋아하지 않는구나'라는 인식이 자리잡게 되었다(큰 오산이었지만). 차를 좋아하는 이유도 술처럼 취하는 것보다는 맑은 정신으로 맛있는 걸 마시는 것 자체를 좋아하기 때문이라고 생각했다(이 또한 큰 오산이었지만).

위스키

지인으로부터 싱글몰트 위스키, 그중에서도 라가불린 16년을 소개받은 이후로 언젠가 꼭 마셔봐야지 생각만 하고 한참을 벼르고만 있었다. 그러다 어느 날 작정을 하고 싱글몰트 위스키바로 달려가 아드벡10년과 라가불린16년을 차례대로 마셨다. 아드벡까지는 큰 반향이 없었다. 그러나 뒤이어 주문한 라가불린 16년을 한 모금을 머금는 순간, 입에서 폭죽이 터졌다.

 마치 태어나서 탄산음료를 처음 접했던 때와 같다고 비유해 볼 수 있을까? 혀를 얼얼할 정도로 톡 쏘는 것과 동시에 액체에서 이렇게나 다양한 맛이 느껴진다는 사실에 무척이나 놀랐다. 내가 나에게 더 놀란 것은 당시 30ml 한 샷에 25,000원(bar마다 가격 차이가 있지만)이나 한다는 것에 수긍했다는 점이다. 결코 적은 돈이 아니기에 예전이라면 가격 보고 놀라 도망갔을 테지만 막상 마셔보니 돈값 한다는 만족감마저 들었다.

 맛도 맛이었지만 기본 40도가 넘는 이 도수는 30ml 양의 샷을 몇 잔만 마셔도 몸이 축 이완되며 그날 하루의 피로를 부드럽게 어루만져주는 느낌이었다. 적은 양의 술로 속에 부담을 주지 않으면서도 기분 좋게 취할 수 있다는 것(이게 이렇게나 기분 좋은 일인지 몰랐다)도 좋았다. 그러다 보니 다음날 머리가 아프다거나 속이 안 좋다거나 하는 경우도 없었기에 일정에도 차질이 없었다. 이 대목을 미루어봤을 때, 내가 차를 좋아하는 이유가 반드시 맨정신으로 맛있는 걸 마시는 것 때문이 아니었다는 사실을 알 수 있다.

 술을 많이 마시고 나면, 숙취는 뒤로 하고 내가 내뱉는 날숨에서 느껴지는 술 냄새가 딱히 좋지 않다고 생각했다(특히 소주나 소맥을 마신 뒤). 사실 싫다고 하는 표현이 더 맞겠다. 그러나, 위스키에서는 그마저 매력적이었다. 위스키는 향으로 먼저 즐긴 뒤, 입 안에 머금은 상태로 복합적인 풍미를 즐기다가 목으로 넘긴다. 그런데 목으로 넘기기조차 아깝다는 생각이 드는 순간, 남은 한 단계 즐거움을 추가로 선사 받을 수 있었다.
 바로, 위스키가 목으로 넘어가며 숨을 내쉴 때, 코와 입에 남은 위스키의 향과 맛이 가득 맴도는 것. 이걸 위스키에서는 '피시니'라고 하는데 여러 잔의 위스키를 마시면 이것들이 쌓여, 많이 마신 뒤에도 역하지 않고 오히려 좋았다. 남들이 옆에서 맡는 향은 어떨지 모르겠지만 개인적으로 느껴지는 건 그랬다.

 위에서 말한 아드벡이나 라가불린과 같은 아일라 지역의 스카치 위스키는 '피트'의 강렬한 느낌 때문에 호불호가 나뉘지만, 개인적으로는 여기에서 비롯되는 달

큰한 초콜릿과 페퍼, 커피의 캐릭터를 포함해 수백 가지의 미뢰를 짜릿하게 자극하는 느낌이 매우 좋았다. 글렌캐런에 담긴 위스키의 맛을 본 후 그 맛을 극대화시켜주기 위해 입안에서 위스키 맛이 완전히 사라지기 전 미온수의 물을 약간 머금는데, 그때의 향과 맛은 최고라는 표현으로도 부족하다. 재력과 체력만 뒷받침된다면 계속해서 그 행위를 반복하고 싶다는 생각을 하곤 했다.

그렇게 술을 마시고 집에 도착했는데, 평소에 그렇게 좋아하지도 않던 *랍상소총의 스모키한 느낌이 이상하게 자꾸 생각났다. 당시 랍상소총이 집에 없던 관계로 위스키에서 느껴지는 카카오닙스의 깔끔하면서 달콤한 캐릭터와 닮아있다고 생각하던 '대홍포'라는 *암차를 우려내 연거푸 마셨다. 그 맛을 알게 된 후로 대홍포는 가장 아끼는 차가 되었다.

차를 공부하면서 랍상소총과 함께 페어링하기 좋다는 위스키를 추천받고, 그 술을 좋아하게 되면서 처음에는 불호로 다가왔던 랍상소총의 매력을 뒤늦게 발견하게 되었다. 그리고 우연히 그 둘의 연결고리가 되어준 대홍포에는 아주 흠뻑 빠져버렸다. 원래 녹차나 청향계 청차인 철관음과 같은 맑고 깔끔한 느낌의 차를 좋아했었는데 홍차류와 농향계 청차를 굉장히 좋아하게 됐다는 점에서 나의 차 역사에 큰 의미를 가진다.

특히나, 개인적으로 그리 좋아하지 않는 비 오는 날을 그나마 낭만적으로 만들어주는 방법이 바로 라가불린 위스키와 대홍포 혹은 랍상소총의 페어링이다.

싱글몰트 위스키를 접하고 나서 술맛을 비로소 처음 느꼈다고 했던 것처럼 이후 즐겼던 대홍포와 랍상소총의 맛을 온전히 간직하기 위해 노력했다. 그리고 날마다 위스키를 마음껏 죄책감 없이, 건강하게 마시기 위해 위스키와 맛과 향이 비슷한 재료를 연구해 조향하듯 섞어 실험했고, 결국엔 직접 블렌딩하여 마시는 지경에 이르게 됐다. 이름하여 위스티(Whiskey + tea)!

숙취에 도움을 주는 보이차를 베이스로 한 이 블렌딩 티는 건강하게 마시기 위해 만들었다고 했지만, 정작

한잔에 우주

술과 함께했을 때 더욱 큰 빛을 발하는 21세기 최고의
논알콜 음료가 됐다.

이건 정말이지 〈물고문의 향연〉에서 말했던 것처럼
차에 곡차가 더해지고, 그 위에 다시 차가 더해져 차와
곡차가 차곡차곡 쌓이는 물고문 무한궤도의 시작점이
다. 위스키 아니, 차에 대한 나의 애정이 들어간 블렌딩
티라고 할 수 있다.

알고 보니 나는 술도 매우 좋아하는 사람이었다. 기호
식품과는 어울리지 않는 환경 탓에 나는 술과 어울리지
않는 사람이라고 스스로를 가스라이팅하고 있었을 뿐
이었다. 차가 술의 스펙트럼을 넓혀줬다고 표현해야 할
지, 아니면 술이 차의 세계를 더 확장시켰다고 해야 할
지는 모르겠지만 시간이 지나 알게 된 중요한 사실은 둘
다 정말 사랑한다는 것이다.

차와 술은 서로의 부족한 점을 보완해주며 각 분야의
스펙트럼을 넓혀준다. 차를 통해 술을 더 다채롭게 즐
기게 된 것도 있지만, 확실히 술(그중에서도 위스키)이 나

의 차 세계관을 더 확장시켜 주었다.

 이건 도통 차를 좋아하는 건지, 술을 좋아하는 건지 구분하기가 쉽진 않지만 굳이 그걸 구분해야 하나 싶기도 하니 조심스레 넘어가 보기로 하자.

*랍상소총 : 이름마저 강렬한 랍상소총은 최초의 홍차로도 불리는데, 소나무 연기에 그을린 송연 향을 입혀 스모키한 향이 특징이다. 이 때문에 피트 위스키처럼 호불호가 갈리기도 한다.

*암차 : 6대 다류 중 청차(우롱차)에 해당하는 차로, 중국 무이산(우이산) 지구에서 생산되는 중국 10대 명차 중 하나. 무이산에는 절벽이 많아 바위가 파인 곳에서 차를 재배하기 때문에 암차라고 부르며 무이산의 지명을 따라 무이암차라고도 한다.

무이암차는 백계관, 수금귀, 철라한 등의 다양한 종류가 있지만 본문에서 언급한 '대홍포'를 최고로 칭하고 있다.

Blue tea(청차) 혹은 Oolong tea(우롱차)

청차(우롱차): 청차는 우롱차라는 이름으로도 많이 불리는데 찻잎의 산화도 범위가 6대 다류 중 가장 넓다고 할 수 있다. 대략적인 산화도의 범위를 20~80%라고 생각하면 이해하기 쉽다. 산화도 범위가 넓은 만큼 같은 청차(우롱차)라고 분류할지라도 산화 정도에 따라 맛과 향에서 느껴지는 차이의 폭도 넓은 편이다. 산화도의 중간 점을 50%로 기준 잡았을 때, 20%에서 50% 미만의 산화도를 보이는 청차는 녹차와 비슷한 수색(맑은 연둣빛)과 향미를 보인다.

반대로 산화도가 50%에서 80%가량 산화를 진행하여 생산한 청차는 홍차와 비슷한 수색(짙은 호박색에 가까운 붉은빛)과 향미를 보인다.

전자(산화도 20~50%)는 차의 색과 향미가 맑다고 해 청(맑을 청 淸)향계 청차라 부르고, 후자(산화도 50~80%)는 차의 색향미가 짙다고 하여 농(짙을 농 濃)향계 청차라 표현한다.

서른한 살 로맨스

1980년, 서른 살의 한 남자는 몇 차례의 선을 봤다. 그런데 선 자리에 나온 사람들이 도통 마음에 들지가 않는다. 그러다 스물세 살의 한 여자를 보곤 결혼해야겠다는 결심을 한다.

그 남자의 이름은 양수현, 여자의 이름은 윤남심.

수현이 남심을 만날 수 있었던 건 아는 사람의 소개 덕분이었다. 수현과 남심을 둘 다 알고 있는 주선자가 어떻게 소개를 했는지는 모르겠지만 수현은 남심을 꼭 만나보고 싶어 했고, 그에 반해 남심은 아예 관심이 없었다.

그렇게 수현은 직접 주선자와 함께 남심이 사는 마을로 향했다. 그리고 자신은 마을 어귀에서 기다렸고, 주선자는 남심의 집에 찾아가 수현의 마음을 전했다.

수현이 꼭 한번 남심을 봐야 집에 돌아가겠다고 했단다. 소개를 안 받아도 되니 한 번만 보겠다고, 그전까진 집에 안 가겠다는 꼬장 혹은 추태를 부렸더랬다. 그는 대체 무슨 자신감이었을까. 자신의 외모를 믿은 것인가, 아니면 몇 차례나 마음에 들지 않은 선을 보았음에도 이번엔 만나기도 전에 놓치지 말아야 할 사람이라는 어떤 확신이 있었던 걸까.

역시나 남심에게 이야기를 더 듣고 보니 소개를 받기 전 수현과 모르는 상태로 몇 번 지나친 적이 있다고 했다. 수현은 그때부터 남심을 마음 한편에 두었을 것이고, 그러다 우연인지 운명인지 주선자가 그녀와 친분이 있다는 사실을 알게 되자 그 소개를 명분으로 온 힘을 다해 남심을 꼬셨을 것이다. 물론, 이건 수현 2세의 추측이다. 수현에게는 정확히 듣지 못했고 앞으로도 듣지 못할 일이라 이 사건은 영원한 미스터리로 남을 테지만, 수현의 DNA를 받고 자란 나의 직감에 의하면 수현은 큰 그림을 그리고 아주 철저하게 하나하나 빌드업해나간 게 아닐까 하는 합리적 의심을 해본다.

상황이 귀찮아진 남심은 정말 한 번만 나가고 말겠다고 하며, 얼굴을 비추고는 곧장 돌아왔다. 그런데 한 번만 보자던 수현은 그 뒤에도 거의 매일 남심을 찾아왔다. 자주 찾아와 심지어 남심의 아버지께 욕까지 먹었다고 한다.

- 결혼도 안 한 여자 집을 왜 자꾸 찾아오느냐고, 본인(남심의 아버지)은 그런 거 정말 싫어한다고. 앞으로 집에 찾아오지 말라고.

이 정도면 사실상 사형선고가 아닌가, 연애도 하기 전에 결혼 승낙을 받지 못한 거나 다름없었다. 어찌 보면 장인어른이 될 사람에게 미운털 박히고 욕까지 먹었으면 포기할 법도 한데, 그는 욕을 먹으면서도 계속 남심을 찾아갔다. 이 말을 듣고는 진심으로 입이 쩍 벌어졌다. 대단하다는 말도 절로 함께 나왔다.

아빠에게 그런 승부사 기질이 있었다니. 아빠에게 배울 점은 다른 게 아닌 근성이었다는 걸 새삼 깨달았다. 그 근성으로 내가 이 세상에 나오게 되었듯 결국 수현은 남심을 얻을 수 있었다.

얼굴은 희고, 머리는 작고 예쁘게 생겼다고 했다. 거기에 오토바이를 타고, 삐삐를 차고 있었다고 한다. 자동차가 많이 없던 당시에 오토바이를 가지고 있다는 건 꽤 능력도 있는 남자였다는 것. 이게 남심이 본 수현의 첫인상이었다.

대충 이런 말을 하는 걸로 봐서는 남심도 외적으로는 수현에게 호감이 있었던 모양이다. 그런데 본인의 연애관에 있어 확고한 게 하나 있었다고 했다. 당시 남심은 시골집에서 한참 떨어진 곳에서 고등학교까지 나왔다. 그 후 서울에서 일을 하다 다시 고향으로 내려온 상황이었던 터라 시골 남자와 결혼하지 않겠다고 생각했더 랬다. 특히나 농사를 짓고 싶지는 않다고 했다. 본인이 농사짓는 집안에 태어나서 농사일을 거드는 게 어린 나이에 너무 힘들었기 때문이라고 했다.

수현은 실제로 남심의 온 가족이 밭에서 고추 농사를 할 때도 찾아왔다. 가족들이 다 있는데도 오토바이를 몰고 왔다. 드라마 〈나의 해방일지〉가 생각나는 장면이다. 손석구의 섹시함을 당시 수현은 이미 겸비하고 있었나 보다.

어찌 됐든 간에 남심은 시골 남자와 결혼하고 싶지 않았다. 당시 시골에 살면 대부분이 농사를 지었기 때문이었다. 하지만 수현은 시골 남자였지만 은행에 다녔다. 그 점이 나름의 플러스 점수이긴 했다. 더군다나 수현은 남심을 꼬실 수 있는 카드가 하나 더 있었다. 비록 장남이지만 부모를 모시지 않고 나와서 살 거라는 것.

수현의 엄청난 노력과 근성으로 그렇게 둘은 연애를 시작했다. 수현이 없는 지금, 남심에게 기억에 남는 데이트를 물어보니 해수욕장에 갔던 것이라고 한다. 그럴 만도 한 게 수현은 물을 싫어하는 건지, 무게를 잡는 건지 자녀들이 클 때까지 가족들을 데리고 바닷가를 한번 가지 않았으며, 가끔 친척들과 함께 바다에 갈 때조차 수현이 물에 들어가는 모습을 누구도 본 적이 없었다. 바다에 가도 그저 백사장을 거닐기만 했다. 그런데 발견된 한 장의 사진. 사진 속 수현은 남심과 함께 상반신까지 전부 젖은 채로 물속에 앉아 어깨동무를 하고 있었다. 남심의 환심을 사려고 정말 혼신의 힘을 다했구나 싶다. 다른 한 편으로 존경의 마음이 솟았다.

또 계곡에 놀러 간 것, 친구들 집 마당에서 함께 버섯 부침개를 해 먹던 것이 기억에 남는 데이트라 한다. 그리고 그들은 가끔 커피숍에 가 녹차를 마시고, 커피를 마셨다고 한다. 서로를 바라보며 도란도란 이야기를 나눴겠지.

그렇게 약 2년여 간의 연애를 끝으로 81년 12월 24일 크리스마스이브, 서른한 살의 수현과 스물네 살의 남심은 결혼을 한다. 그런데 남심은 결혼하고 나서 아차 싶었다고 한다. 남심은 수현이 은행에 다니니 그래도 어느 정도 돈이 있을 줄 알았던 것이다. 큰 착각이었다.

수현은 가난한 집안의 장남이었다. 그래서 돈을 버는 족족 집에다 갖다 보냈다. 수현은 어린 시절 공부가 하고 싶어 학교에 보내 달라고 울고 불며 애원했지만 끝내 할머니와 할아버지는 수현을 학교에 보내주지 않았다고 했다. 그렇게 그는 집에 돈이 없어 중학교만 졸업한 채 사실상 가장 노릇을 했다. 돈을 벌어 나머지 동생들을 대학까지 보내며 장남 노릇을 톡톡히 했다.

그 피해는 고스란히 남심의 몫이었다. 남심은 수현과 달리 좋은 집안에서 자랐다. 70년대에 넓은 마당이 있고 큰 채와 사랑채가 나뉘어 진 집이 있었고, 땅(지금으로 치면 건물)도 있었으며, 집에는 소가 있었고 흑백텔레비전이 있었다. 심지어 일꾼도 한 명 있었다.

그런데 결혼하고는 삶이 달라졌다. 그나마 안정적인 직장을 다니던 수현은 막내 아들이 4살이 되던 해에 조합장 선거에 나가보겠다며 직장에서 나왔고, 그 덕에

한잔에 우주

없는 살림에 더 허덕이는 삶을 살게 됐다. 4년 임기인 선거에 약 13년 동안 네 차례 출마하여 단 한 번 당선이 되었고, 빚은 약 4배 정도 늘었다. 4명의 자녀 중 한 명의 결혼식도 보지 못한 채 수현은 막내가 고등학교에 입학할 무렵 말기 암 선고를 받았고, 여름방학이 시작하기 전 세상을 떠났다. 홀로 남겨진 남심은 더 악착같이 살았다. 그때 막내의 나이는 만 16세. 그 막내가 나다.

그 막내는 대학생이 되기 전까지 가족끼리 모여서 외식 한 번 해본 적 없었고, 집집마다 붙어있는 가족사진을 사진관에서 찍어본 적도 없었다. 또래 친구들의 보통의 일상을 부러워하며 자랐다. 부자여야만 할 수 있는 대단한 것들이 아닌, 소소한 것들을 경험해보지 못했다. 말 그대로 먹고살기 급급했다. 그래서 우리 가족은 기호라는 게 없었다. 본인들이 무엇을 좋아하고 싫어하는지 취향을 알 수 없었다. 그 결핍이 콤플렉스였던 막내는 열심히 본인을 탐구해 자신의 기호를 찾아 나갔다. 그리고 막내는 생각했다. 이제는 내가 몇십 년간 잃어버린 남심의 취향을 찾아 줄 때라고.

1981년 서른한 살의 젊은 사내인 수현은 무려 일곱 살이나 어린 스물네 살의 예쁜 남심과 함께 차를 마시며 서로가 좋아하는 것들에 대해 속삭였을 것이다. 수현이 떠나간 지금, 서른한 살의 젊은 사내인 태영은 무려 서른네 살이 많지만 여전히 예쁜 남심과 함께 차를 마시며 앞으로 더 좋아질 미래에 대해 속삭인다.

(2023년 7월 13일 아버지 기일과 7월 14일 어머니 생일을 맞이하며 쓰는 글)

<u>은과 차, 그리고 은행의 어원:</u>
<u>차 한잔으로 시작된 영국과 중국의 아편전쟁</u>

 아편전쟁은 19세기, 영국과 중국(청나라) 사이에 벌어진 두 차례 전쟁인데, 이 전쟁은 차로 인해 일어났다고 해도 무방하다.

 아편전쟁이 발발하기 전, 영국의 차(茶) 소비량은 7,300톤이었다. 당시 영국의 인구를 기준으로 계산했을 때, 연간 357잔(한잔에 2g 기준) 정도였다고 한다. 차를 재배할 수 없는 기후의 영국은 중국으로부터 차를 수입하기 위해, 당시 화폐 역할을 했던 은(銀)을 지불했기 때문에 영국은 중국과의 무역에서 큰 손실을 볼 수밖에 없었다. 지속되는 무역 적자를 해결하기 위해 영국은 중국에 아편(양귀비꽃으로 만든 일종의 마약)을 밀수출한다.

 밀반입된 아편으로 나라가 혼란에 빠진 중국은 전역에 아편을 금지시키고, 중국에 있는 영국 상인들의 약 2만여 상자의 아편을 모두 빼앗아 폐기시킨다. 이러한 중국의 강경한 아편무역 금지조치 등의 이유를 영국이 반발하며 전쟁을 일으킨 사건이 아편전쟁이다.

두 차례의 일방적인 전쟁에서 중국은 불평등 조약을 맺게 되고, 아편전쟁을 계기로 중국은 서구열강의 침략을 받게 된다. 아편전쟁은 서구 제국주의 국가들이 자국의 이익을 위해 명분 없는 침략과 약탈을 저지르는 것의 선례로 언급될 만큼, 역사상 가장 부도덕한 전쟁으로 평가받는다.

은행(Bank)의 어원:

중국이 차를 수출하고 은을 받았던 것처럼, 중국은 장기간 은 본위제(일정량의 은을 화폐 단위로 하는 본위 화폐 제도) 국가였다.

여기서 은행의 은(銀)이 '은의 유통'에서 비롯되었고, 중국의 상인조합을 '항(行)'이라 불렀다. 은을 취급하는 이 항이 금융업의 주체가 되며 '은항'이라는 말이 나오게 되었는데, 이 '은항'의 음이 잘못 알려져 우리나라에서는 '은행'이 되었다.

30년 만에 데이트

홍차를 좋아하는 그녀

1. 30년 만에 데이트

"태영아, 우리 노래방 갈까?"

제주도에 가서 하고 싶은 거나 먹고 싶은 게 있냐고 물었을 때 어떤 리액션도 없던 그녀였다.

제주에 도착해 식사를 마치고 향했던 우리의 첫 번째 여행 코스는 다른 곳도 아닌 노래방이었다. 그것도 코인 노래방. 제주씩이나 와서 우리는 노래를 부르러 갔다. 제주라고 반드시 한라산이나 해변만 가야 하는 건 아니지만 웃긴 건 어쩔 수 없었다.

30년 만에 엄마와의 첫 여행 겸 데이트는 이렇게 시작됐다.

2. 노래방의 발단

진도에서 제주까지 배를 타고 오는 1시간 반 동안 혹시라도 엄마가 뱃멀미를 할까 싶어 걱정된 나는 엄마가 지루하지 않도록 에어팟을 나눠 끼고, 트롯곡을 신청받아 엄마만의 즉석 DJ가 되어드렸다. 그 흥에 취한 나머지 엄마는 제주까지 가서 가고 싶은 곳으로 노래방을 꼽았다.

3. 오션뷰

배 티켓이 얼마나 되냐? 한 30,000원 하니?
아니 성수기잖아~

40,000원?

40,000대 티켓도 있는데 오붓하게 둘이 앉아서 바다 보면서 가려고 더 비싼 자리로 끊었어.

그럼 50,000원?

좀 더 비싸.

60,000원??

아니, 70,000원 좀 더 넘어(그리고 편도야).

싼 거 하면 되지 뭐 하러 비싼 걸 끊었어.

엄마, 이번 여행 컨셉은 프리미엄이야~

　내 우려와는 다르게 엄마는 1시간 반 동안 신나게 노래도 듣고 멀미도 하지 않으셨다. 1시간 넘도록 엄마는 창밖 바다를 보며 신기해하고 감탄하며 여행을 시작했다. 떠나기 전 싼 좌석으로 선택하지 뭐 하러 비싸게 오션뷰를 끊었냐는 엄마였다. 이코노미석 끊었으면 서운할 뻔.

4. 어쩔 수 없이 가는 여행

사실, 오션뷰고 제주고 상관없이 여행 자체를 원치 않았던 엄마였다. 그저 쉴 때는 집에만 있는 게 가장 좋다고만 했다. 물론 사람마다 아무것도 하지 않는 것을 좋아하는 사람도 있으나, 그 재미를 몰라서 못 하는 것과 알고도 안 하는 것의 차이는 크다. 장담컨대, 엄마는 호화를 누리며 편히 쉬어본 적이 없다. 그래서 이러한 경험을 적어도 한 번쯤은 느끼게 해주고 싶었다.

　하지만 엄마는 이 여행을 부담스러워했고, 두려워했다. 며칠간 아무것도 하지 않아야 하는 것에 부담을 느꼈고, 쉬는 동안 돈을 버는 게 아니라 쓰기만 해야 하는 것을 두려워했다.

　여행을 가기 약 두 달 전부터 엄마에게 말해뒀다. 8월 초에 3일만 휴가를 써서 일정을 비워두라고. 미리 말을 해뒀음에도 불구하고 여행이 한 달이 채 남지 않았을 때, 다시 여행에 대한 이야기를 꺼내니 엄마는 그냥 가지 않겠다고 했다. 아니, 안 가고 싶다고 했다. 어떤 복합적인 감정으로부터 이러한 대답이 나온 것인지 나는 잘 알고 있었다.

그래서 며칠 뒤 미리 티켓을 끊고, 다시 통보하듯 말했다. 제주도 가는 표 끊었으니 전에 말해뒀던 날에 맞춰서 휴가 쓰라고. 물론 티켓은 미리 취소하면 환불받을 수 있었지만 거기까지 말해두진 않았다. 이미 표를 끊어버려 어쩔 수 없다는 그 말 한마디가 엄마에게는 강력하게 다가올 것이란 걸 알고 했던 행동이다.

나의 일방적이고도 강압적인 통보와 미리 끊어놓은 티켓으로 엄마는 마지못해 휴가를 쓰고 3일간 나와 데이트 겸 여행을 하게 됐다. 그리고 그렇게 어쩔 수 없이 가게 된 여행으로 인해 엄마는 한동안 주변 사람들에게 "나는 그렇게 가기 싫다고 했는데 아들이 표를 이미 끊어버렸다고 해서 가요~"라고 웃으며 말하고 다녔다.

긴 여행을 끝마치고 엄마가 일하는 곳에 갔는데, 나와 여행 간 걸 모르는 사람이 없어 보였다. 꽤 뿌듯해지는 순간이다. 가끔은 이런 독단적인 선택도 필요하다는 걸 깨닫게 된다.

5. 선글라스

여행 가서 하고 싶은 게 뭐가 있냐는 나의 끈질긴 물음에도 불구하고 엄마는 날 더우니까 돌아다니는 것보다 집 안에 있는 게 가장 좋다며 철벽 방어를 했다. 물론 나 또한 찌는 듯한 한여름의 더위와 엄마의 나이, 체력을 고려해야 했기에 좋은 숙소 위주의 여행, 최대한 실내에서 할 수 있는 것들로 여행 일정을 짰다.

그런데 여행 가기도 싫다는 듯 말하던 엄마는 짐 싸는 가방에 선글라스를 종류별로 두 개나 챙겼다. '이것 참, 계획에 없던 외부 일정을 추가해야 하나?'라는 생각이 들었던 순간이었다.

그와 동시에 엄마가 시간이 갈수록 들떠있는 게 느껴졌다. 귀여웠다. 내가 엄마의 어린 시절을 본 적은 없지만, 마치 소녀 시절로 돌아간 듯한 느낌이었다. 기분은 좋은데 뭔가 부담되기 시작한다. 처음에 여행 안 간다고 하던 사람은 대체 어디로 간 것일까.

첫날 숙소에 도착해 문을 열자 엄마는 혼자 보기 아깝다며, 너무 좋다며 눈물을 흘렸다(이건 예상하지 못한 거였는데…).

고생해서 번 돈을 이렇게 썼다고 말하며 한 번 더 울었다. 반드시 성공해야겠다는 생각을 굳게 만들었던 순간이었다.

6. 오마카세

오마카세 식당에 갔다. 셰프님이 말하길 딸이 부모님과 같이 오는 건 봤어도 아들이 엄마랑 오는 건 처음 본다고 했다. 물론 나도 처음이다. 좋은 건 혼자서만 즐길 줄 알았지, 이렇게 함께하는 건 처음이었으니까. 어쨌거나 보기 좋다고 했다.

그리고는 중간에 우니를 정말 고급스럽게 만들어주시며 "이 우니가 원래는 한 피스에 35,000원짜리…"라는 말을 했다. 놀라다 못해 순간 일그러지는 엄마의 표정을 느낄 수 있었다. 그 후로 난 여행이 끝날 때까지 오마카세 가격을 숨겨야겠다고 생각했다. 식사 중간에 몰래 종업원분께 카드를 주며 결제를 부탁하는 치밀함을 보이기까지 했지만, 가격을 계속 궁금해하는 엄마의 성화에 못 이겨 결국 말해줬다. 마지막 날 일상으로 돌아가 주변 사람들한테 자랑하라는 의미로.

시간이 지난 뒤 말해주니 엄마는 생각보다 별 타격 없이 끄덕이며 수긍하는 분위기를 내비쳤다.

7. 죽음의 부조리

엄마의 얼굴을 이렇게나 가까이서 본 게 얼마 만이었을까. 가까이서 유심히 살펴보았다. 생각보다 더 많이 늙어있었다. 주름이 많이 져 있었고, 작년까지만 해도 별로 보이지 않던 흰머리도 많이 나 있었다.

여행 다니는 내내 여자친구와 다니듯 손을 꼭 잡고 걸어 다녔다. 언제까지 이 손을 잡고 함께 여행할 수 있을까.

　고등학교 때 들은 수업 중 아직도 잊히지 않고 생각나는 이야기는 바로 죽음의 부조리였다. 말 그대로 죽음은 부조리하다는 것. 모든 사람에게 공평하지도, 예기치도 않게 찾아온다는 것.

　중학교를 졸업하고, 고등학교에 입학하자마자 아빠의 암 소식을 들었다. 그리고 1학년 여름방학이 시작하기도 전에 아빠는 돌아가셨다. 거의 반년 만에 멀쩡해 보였던 사람이 이 세상에서 사라진 것이다. 그래서였을까. 효도라고 하기엔 거창하지만, 엄마와의 행복한 시간을 계속해서 늦출 순 없었다.

　성공하고 나서 잘하겠다는 말은 하지 않아야지. 대신 조금만 더 기다리면 지금보다 더 퀄리티 좋은 여행을 하게 될 테니 기대는 해도 좋아.

8. 기획 의도

30년 전에는 세상 누구보다 가까웠던 사이였을 텐데 물리적으로도, 심리적으로도 자꾸 멀어지게 됨을, 아니 멀어질 수밖에 없음을 느꼈다.

그래서 30년 만에 엄마와 찰싹 붙어있을 수 있는 데이트를 계획했다. 목표는 평생 돈을 모으기만 하고 자신에게 써본 적이 없는 엄마에게 자본주의의 맛을 느끼게 해주는 것. 나는 가끔이라도 누려봤던 좋은 숙소나 한 끼에 수십만 원짜리 식사 같은 걸 경험하게 해주고 싶었다. 더불어 내가 좋아하는 것도 함께 즐기고 싶었다. 하루라도 빨리.

간혹 어른들과 이야기를 나누다 보면, 본인들 자식 자랑을 배틀하듯이 하는 게 낙이자 취미인가 싶은 생각이 들곤 한다. 그 살벌한 전투 속에서 우리 엄마가 꿀리지 않았으면 하는 마음. 엄마의 직장동료부터 가깝게는 친척들까지, 대상이 그 누구든 간에.

먼저 자랑할 만한 자식은 아니더라도 주변 사람이 마치 약 올리듯 '너는 이런 아들(or딸) 없지?'라고 싸움 신

한잔에 우주

청을 했을 때 당당히 카운터 펀치를 날려 상대방을 다운 시켜버릴 수 있는 그런 무기를 갖게 해주고 싶었다. 그렇게만 된다면 그걸로 내 역할은 다한 거다. 그래서 나는 잘해야 하고, 잘돼야만 한다.

9. 느낀 점

1) 여행하는 동안 내가 좋아하는 걸 함께 하고, 알게 해주고 싶어 여러 종류의 차를 가지고 다니며 우려드렸다. 우전녹차부터 우전홍차, 다즐링 홍차, 대홍포 청차 등 많은 차를 드리고 어떤 게 가장 좋았냐고 물었더니 엄마는 우전홍차가 가장 좋았다고 한다. 엄마의 취향을 알게 돼 기쁘다.

2) 나의 20대를 갈아 넣어 다행히도 빛을 보기 시작한 서른이라는 나이는 생각보다 괜찮은 듯했다. 오직 엄마를 위한 2박 3일이었지만 나의 쓸모를 느낄 수도 있었던 시간이었다.

3) 예전에 어디서 주워들었던 말이 있다. 자신의 엄마를 행복하게 해주지 못하는 남자는 세상 그 어떤 여자도 행복하게 하지 못한다는 말. 그 말에 큰 감명을 받았다. 그런 의미에서 나는 적어도 2박 3일간은 어떤 여자도 행복하게 해 줄 수 있는 남자였다.

4) 엄마가 임영웅을 이렇게나 좋아하는 줄 몰랐다. 노래방에서 자꾸 임영웅 곡을 선곡하는 걸로 봐서 조만간 임영웅 콘서트를 예매해야 할 것 같은 무언의 압박 비슷한 것을 느꼈다.

굳이 제주까지 가서 노래방에 간 건 엄마의 빅픽처인 것인가.
다음엔 임영웅 콘서트 가자, 엄마!

홍차는 왜 영어 표기가 Red tea가 아닌 Black tea인 걸까?

6대 다류는 차의 제조과정과 산화(Oxidation) 정도를 기준으로 하여 백차, 황차, 녹차, 청차, 홍차, 흑차로 구분된다고 적은 바 있다. 여기서 각 다류의 이름을 차의 색을 통해 표현하고 있는데, 한 가지 궁금증을 자아내는 부분이 있다. 한자에서 붉은 색을 뜻하는 홍차(紅茶)가 영어로는 왜 검은색을 뜻하는 Black tea인 걸까? 이는 차의 색을 구분하는 기준점이 다르기 때문이다. 동양에서는 차의 수색을 보고 홍차를 붉다고 생각해 홍차로 표현한 반면, 서양에서는 찻잎의 색을 기준으로 삼아 검다고 표현해 Black tea라 부르는 것이다.

그렇다면 6대 다류 중 중국에서 표기하는 흑차(黑茶)의 경우 영어 표기를 어떻게 할까? 흑차의 찻잎 또한 검은 편인데 이미 Black이란 표현을 홍차에서 사용했기에 흑차는 영어로 Dark tea라고 표현한다.

추가로, 중국의 홍차와 같이 붉은색 차를 뜻하는 영어권 이름 인 Rea tea는 없을까? 6대 다류에 속하지는 않지만, 허브류 식 물에 속하는 루이보스를 Red tea라 부른다.

지하철에서
이불킥 하지 않으려면

퇴사한 후로 독서 모임을 시작했다. 정기모임은 4개월에 고작 4번, 즉 한 달에 딱 한 번 만나 약 3시간가량 읽은 책에 대한 이야기를 나눈다. 모임의 특징이라 할만한 것은 독서 모임인데 돈을 낸다는 것이다. 고작 4권의 책을 읽고 4번을 만나는 것이지만 가격은 한 두 푼도 아니고, 25만 원에서 35만 원까지다. 한 술 더 떠 돈을 냈더라도 독후감을 제출하지 않으면 참여가 불가능하다.

35만 원짜리 모임을 기준으로 군이 책값까지 계산해

보면 한 번 모임에 10만 원 정도의 금액이 든다. 사실상 4번 모임에 40만 원이니 결코 적은 금액은 아니다. 하지만 독서 모임이 비싸다며 볼멘소리를 하는 것도 아니다. 오히려 돈값 한다는 기분이 들었다. 능력 있고 멋진 사람들, 그 사이에 오가는 열정 가득한 대화. 이런 모임이 아니면 만나기 힘든 사람들과 평소에 나누기 힘든 이야기가 펼쳐졌다. 그렇게 순식간에 한 번의 계절이 바뀌고 하나의 모임이 끝났다. 다른 의미로는 퇴사한 지도 어느새 한 계절이 지났다는 말이다.

첫 모임에 대한 기억이 너무 좋아 새로운 모임을 다시 이어 시작했다. 첫 모임은 디자이너들의 생각이 궁금하여 디자이너에 관한 모임에 들어갔고, 이번엔 스타트업 관련 책으로 이루어진 모임을 신청했다. 아니나 다를까 스무 명의 멤버 중 과반수 멤버가 N년차 사업을 운영하는 분들이었고, 사업을 하지 않는 분들도 당시의 나와 같이 창업을 준비하고 있었다. 사업하는 대표님들 중에는 3~5년 차 미만도 아닌, 7년 차 이상인 분들이 많아 왠지 모를 기에 눌리는 느낌이 들었다. 아무튼 그중 가장 기억에 남는 분은 전문직종에 종사하며 티 사업을 준비한다는 A라는 분이었다. 마침 나와 분야가 같았다.

　누가 봐도 프로페셔널한 옷차림에 흡인력 있는 말투와 표정, 여유로운 분위기. 이 모든 것은 사람들이 A에게 집중하도록 하는 데 충분한 역할을 했다. 내가 봐도 그랬다. 더 눈길이 가는 쪽이 맞았다. 스타트업과 사업의 개념을 투자 여부를 가지고 굳이 나눠본다면 당장 내가 기획하는 브랜드 방향은 투자가 필요한 스타트업까지는 아니었다. 내가 가진 소자본으로 혼자서 작게 시작해볼 수 있는 정도의 수준이었으므로.

　내 사업 모델이 당장 투자가 필요한 정도가 아니었던 것처럼, 나와 동일하게 티 사업을 생각하고 있다는 A라는 분의 사업 모델 또한 투자가 필요한 것처럼 느껴지진 않았다. 그런데 다른 사람의 입에서 투자하고 싶다는 농담 섞인 말이 나왔고, 그 문장은 모임 내내 내 귓가에서 맴돌았다. 그건 티 사업을 하겠다고 먼저 소개한 내가 아닌, A의 소개가 끝나자 나온 말이었다. 그것 때문이었을까.

　　　　　　　　　　　　　　　　　　한잔에 우주

사실 대결하러 온 것도 아니고 누가 더 멋진 사업 기획을 가지고 있는지 알아보는 자리는 더더욱 아니었다. 말 그대로 독서 모임이었고, 첫 모임에 간단히 자기소개를 하는 자리였다. 그렇게 모든 사람이 여유 있게 독서 모임을 즐기는 자리였는데 나 혼자서 몸에 힘이 잔뜩 들어가기 시작했다.

홀로 방어 태세를 취하고 있는 것이었다. 마치 동물적 본능처럼 가지고 있는 나의 고약한 버릇이다. 이뿐만 아니라 괜스레 잘나 보이는 분들을 만나면 몸이 경직된다. 아직 사업을 시작하지도 못한 사람 입장에서 사업을 수년간 운영해온 여러 대표님과 능력 있어 보이는 다른 여러 예비 창업가분들을 보니 방어 태세 호르몬이 그새 분비됐나 보다.

그래서인지 질문을 하나 받거나 발언 기회가 있을 때, 굳이 해도 되지 않을 이야기에 살을 붙여서 하기 시작했다. 그러니 당연하게도 이야기의 초점은 엇나가고 오히려 사람들에게 횡설수설하는 느낌을 주었다. 말하면서도 이게 아닌데, 내가 왜 이러지 싶은 생각이 들었다.

얼마나 멋없어 보였을까. 그들 사이에서 애처럼 보이기까지 했을 생각을 하니 글을 쓰는 와중에도 당시 생각이 나 얼굴이 화끈거리는 느낌이다. 그 결과는 마지막에 드러났다. 운명의 장난인지 잔인하게도 모임 끝자락에 특별 이벤트가 진행됐다. 대화 중 가장 인상 깊었던 사람을 지목하고, 가장 많은 지목을 받은 사람에게 상품을 준다고 했다.

아무렇지 않은 척했지만 내심 누군가 한 명은 나의 부족하지만, 객기 넘치는 의견을 듣고 머리가 띵한 순간이 있었다면 좋겠다고 생각하며 혹시 나를 지목한 화살표가 있는지 몰래 스캔하기 시작했다. 나 또한 한 분을 지목한 상태로(이건 누구였는지 기억도 나지 않고 중요하지도 않았다) 스무 명 가까이 되는 사람들을 둘러봤다. 물론 크게 신경 쓰지 않는 척, 둘러보지 않는 척 슬쩍 보았다. 그러나 나를 향한 화살은 없었다.

모든 게 만족스러운 모임이었다. 이 모임을 신청하지 않았으면 후회할 뻔했다는 생각이 들 정도로 멋진 분들의 인사이트를 많이 듣고 배웠으며, 좋은 시간을 가졌다. 그러나 집에 돌아오는 길, 지금까지 경험했던 다른 모임이 끝난 후의 기분과는 사뭇 달랐다. 제법 날씨가 쌀쌀했는데 옷을 두껍게 입지 않았음에도 몸에서 땀이 났고, 이불도 없는 지하철에서 이불킥이 하고 싶어졌다.

몸에 힘을 뺀다는 게 중요하다는 걸 알고 있으면서도 되지 않을 때가 참 많다. '그냥 내가 계속 이렇게 힘주고 살아와서'라는 이유로 변명하기엔 내가 더 못나 보인다는 것도 알고 있지만 이것 말고는 설명할 수 있는 게 딱히 없다.

그간 취미들을 봐도 그랬다. 혼자서 잘하던 것들을 누군가에게 보여주려 하면 힘이 들어가 잘되지 않았다. 기타를 치며 노래를 부를 때도, 다른 것들을 할 때도 마찬가지였다. 모든 과정에서 몸에 힘을 빼는 데 더 많은 시간을 할애해야 했다.

유도에서도 처음에 흔히 하는 안 좋은 습관 중 하나가 넘어가지 않기 위해 몸에 힘을 잔뜩 주는 것이다. 이렇

게 되면 공격을 할 수 없을 뿐만 아니라 오히려 상대에
게 더 잘 넘어간다. 수련하며 힘을 빼는 방법을 알고 나
니 비로소 상대를 넘길 줄도, 방어할 줄도 알게 됐다. 주
짓수를 새로이 배울 때도 관장님이 그런 말씀을 자주 해
주셨다. 힘을 조금만 더 빼면 잘하겠다고. 유도하던 때
가 생각나 주짓수를 할 때도 반년 넘게 힘 빼는 방법만
배웠던 기억이 있다.

그러고 보니 모든 게 힘 빼는 걸 배우는 과정처럼 느
껴졌다. 많은 사람 앞에서 발표를 하는 것부터 단 한 사
람을 설득하는 일조차 같아 보였다. 힘을 뺄 수 있어야
힘을 주고 싶을 때도 줄 수 있고 완급조절이 가능했다.

다만, 차를 마실 땐 힘 빼는 방법을 군이 노력하거나
배우지 않아도 되었다. 마시다 보면 절로 몸에서 힘이
빠졌다. 카페인이 들어있지만 커피와는 다르게 몸을 깨
워주는 느낌이라기보다 몸이 이완되고 나른해지는 느
낌을 받는다. 찻잎에는 카페인과 더불어 몸의 이완을
돕는 테아닌 성분이 함께 들어있기 때문이기도 하지만,
아무래도 찻자리 특유의 차분한 분위기가 가장 큰 몫을

하는 게 아닐까 싶다.

몸의 힘을 적당히 풀어준다는 점에서는 술만큼 좋은
것도 없다. 그러나 항상 취해있고 싶지만, 취해있을 수
만은 없는 삶 속에서 그 대안이 되는 것은 신기하게도
'차'였다.

술을 마시다 보면 얼굴빛이 불콰해지지만, 찻자리에
서는 얼굴빛이 더 맑아지는 느낌이다. 찻자리에선 나뿐
만 아니라 다른 사람들의 얼굴빛 또한 맑다.

대신 홍차를 담아낸 찻잔에는 발그레, 불그레한 빛이
곱게 놓여있다. 마시기 위해 잔을 얼굴로 가져가면 맑
고 붉은빛의 수색이 얼굴에 붉게 비추는 걸 확인해 볼
수 있다. 그렇게 훈훈한 김을 내는 찻잔을 홀-짝하고 입
술로 조심히 빨아들이면 술이 들어갈 때와는 또 다른 매
력으로 몸과 마음이 이완된다.

몸과 마음이 이완되는 점에서는 술과 차는 비슷한 점
을 가지고 있다. 그러나 술은 정신마저 이완시킨다. 차

는 몸과 마음은 충분히 이완시키되 정신을 놓을 정도로 뇌까지 이완시키는 않는다. 그런 점에서 차는 맨정신으로 몸에 힘을 빼는 연습을 하기 가장 좋은 스파링 상대라고 할 수 있다.

새로운 도전을 앞두고 있을 때마다, 힘쓰는 것보다 힘을 빼는 것에 집중해야겠다고 생각한다. 더불어 힘 빼는 법은 평생 배우며 살아가야겠다는 생각도 함께해본다. 앞으로도 수많은 밤을 이불킥하지 않고 지내기 위해서는 말이다. 나는 그날 힘을 잔뜩 주다가 누가 건드리지도 않았는데 혼자서 픽-하고 굴러 넘어졌다.

홀로 경직된 채로 또다시 굴러 넘어지지 않기 위해, 의식적으로 차를 홀짝이며 몸에 힘을 빼 보는 연습을 해본다. 힘 빼는 법을 어렵지 않게 도와주는 '차'라는 친구가 곁에 있으니, '지금까지의 시간보다는 더 수월하겠지'라고 생각하며.

한잔에 우주

찻잎의 주요 성분

테아닌: 찻잎에 포함된 아미노산의 일종으로 스트레스를 줄여주고, 긴장을 완화하는 데 좋은 성분으로 잘 알려져 있다. 테아닌은 카페인과의 길항작용을 통해, 커피와 같은 양의 카페인을 섭취하더라도 자극성이 덜하다. 맛은 은은한 단맛과 감칠맛을 낸다.

티 폴리페놀류: 카테킨 성분이 주를 이루며, 떫은맛을 내는 것이 특징이다. 생찻잎 속에는 카테킨 성분으로 불리지만, 가공 방식에 따라 테아플라빈, 테아루비긴 등의 성분으로 전환되며 차가 가지는 색향미도 달라진다.

카페인: 우리가 커피를 마실 때, 가장 먼저 떠올리는 성분. 중추신경계를 자극하여 각성 작용을 한다. 커피 원두에서 발견된 카페인과 성분이 동일하다고 밝혀져 공식적으로 표기를 '카페인'이라 하지만, 원래는 티에서 추출되는 ine(알칼로이드 물질) 성분이라 하여 the(티의 이태리어 표기)+ine(인), 'theine(테인)'이라 별도로 표기했다. 카페인(caffeine)의 카페(caffe)가 이태리어로 커피(coffee)다. 맛은 쓴맛을 낸다.

담배와 보이차

담배 맛이나 향 때문이라기보다는 작은 사이즈의 하얀 막대 과자와 같은 어떤 물체를 깊숙이 빨았다가 내뱉는 그 행위 자체를 다시 해보고 싶다는 느낌에서였다. 그리고 생각했다.

'아, 한 갑만 사서 다시 피워볼까?'

내가 담배를 처음 접한 건 대학교 2학년 때이다. 그러나 그 후로 줄곧 담배를 피우지는 않았다. 학창 시절엔 담배에 호기심조차 가지지 않았고, 군대에서조차 한 번을 피운 적이 없었다. 그런데 어쩐 일인지 복학생이 되어 처음 담배를 피웠다. 사실 담배를 피우게 된 특별한 이유는 없었다.

그저, 다른 사람에게 피해를 주는 일이나 범법행위가 아니라면 더 늦기 전에 한 번쯤 경험해봐도 나쁘지는 않겠다는 생각이 주된 이유였다. 굳이 다른 이유를 하

한잔에 우주

나 더 만들어본다면 당시 혼자 애태우며 좋아하던 친구가 있었는데, 그 친구의 마음을 얻는 게 너무 힘들었다는 것? 다들 힘들 때 담배를 태운다던데, 이 담배가 대체 얼마만큼 그리고 어떤 효과를 줄지도 궁금했다는 게 이유라면 이유일 것이다.

그전까진 평생 한 번이나 피워볼까 말까 하던 기호식품이었기에 나름 마음을 굳게 먹고, 실행에 옮기기로 했다. 그동안 내가 담배를 피우지 않았던 이유를 곰곰이 생각해보니 나는 담배에 대한 '호기심의 정도'가 명확하게 낮았기 때문이었다.

그 '호기심의 정도'를 풀어서 본다면, 다 피우지도 않을 담배를 굳이 한 갑이나 사서 한 대 피우고 나머지 열아홉 개비를 버리기는 아깝고, 그게 아깝다고 한 갑을 다 피우고 싶지는 않다는 것. 내가 갖고 있던 담배에 대한 호기심은 딱 이만큼이었다. 그래서 딱 한 대만 얻어 피워보자는 결론에 이르렀고, 또 한 가지 기준을 세웠다.

금기랄 건 없었지만 나름은 금기처럼 지켜오던 것을

아무렇지 않게 깨고 싶지는 않았다. 그래서 의미를 부여해보고자 담배를 태우는 일에도 기준을 세워봤다. 술은 어른에게 배워야 한다는 말처럼 이왕 담배를 배운다면 '믿을만한 사람한테 배우는 것이 낫지 않을까?'와 같은 기준. 논리적인 것과는 상당히 관계가 먼 생각이지만 말이다.

 술자리에 있다 보면 흡연자들은 어느샌가 일제히 담배를 태우러 다녀오기 마련인데, 그날도 역시 그랬다. 그날은 그 순간을 기다리고 있었다. 학술제 뒤풀이를 하던 중, 모두가 담배를 태우러 우르르 빠져나갈 때 나도 자연스럽게 따라나갔다. 그리고는 내가 가장 따르던 친한 학과 형에게 담배를 처음 받았다. 정확히 말하면 내가 직접 한 개비 달라고 했다. 담배를 피운다는 게 이리 피우나, 저리 피우나 사실 똑같은 행위지만 앞서 말한 것처럼 이 형에게 배우면 그다지 나쁘지 않을 것 같다는 생각이었다. 맞다. 이상한 합리화다. 나중에 형은 '그날이 지나고 나면 내가 다시 담배를 피우지 않을 걸 알기에 흔쾌히 담배를 건넨 것'이라고 말해줬다. 뒤늦게서야 감동이 밀려왔다.

어쨌거나 그렇게 나의 첫 담배 경험은 시작됐다. 그때의 첫 느낌을 간단히 묘사하자면 한 마디로 별로였다. 사실 간접흡연을 겪으며 수차례 별로라고 생각했지만, 이걸 왜 조금이라도 기대했을까 싶을 정도로 별로였다. '이게 대체 뭐라고 사람들이 죽고 못 사는 걸까'라며 오랜 시간 품었던 궁금증에 실망할 정도였다. 큰 기대감이 자리 잡고 있어서인지는 모르겠지만 막상 경험해본 느낌은 기대에 전혀 미치지 못했고, 흡연하는 친구들이 말하는 첫 모금에 띵-하는 그런 느낌이나 '와! 좋다'라는 느낌 또한 받지 못했다.

혹시나 들어올 공격을 미리 방어해 말하자면, 그때 나는 담배를 피우는 흉내만 내는 겉 담배가 아니라 완벽한 속 담배를 했다. 그럼에도 첫 느낌이 별로였다. 오히려 간접흡연을 할 때보다도 더 훅 치고 들어오는 역한 냄새와 어느 정도 시간이 지나고 나서도 들숨, 날숨에서 뿜어져 나오는 담배의 잔향들이 상당히 별로였다. 그날 처음 담배를 태운 일은 '나는 담배와는 맞지 않구나'라고 생각할 수 있었던 아주 소중한 경험이었다.

그런데 생각지 못한 일이 벌어졌다. 휴일이었던 다음 날, 기숙사 책상에 앉아 노트북을 펼쳐두고 쉬고 있는데, 갑자기 전날 피웠던 담배 생각이 나는 것이었다. 분명히 좋은 기억이 아니었음에도 불구하고 생각이 났다는 게 약간은 무섭게 느껴지기도 했다. 여기서 '생각이 났다'라는 것은, '다시 한번만 피워볼까?'하는 생각이었다. 담배 맛이나 향 때문이라기보다는 작은 사이즈의 하얀 막대 과자와 같은 어떤 물체를 깊숙이 빨았다가 내뱉는 그 행위 자체를 다시 해보고 싶다는 어떤 느낌에서였다. 그리고 생각했다.

'아, 한 갑만 사서 다시 피워볼까?'

기숙사 2층에 위치해 있던 내 방에서 담배를 구할 수 있는 편의점까지의 거리는 단 한 층. 마음만 먹으면 약 1분 정도의 시간이면 구할 수 있었다.

그래서 나는 담배를 사러 갔을까?

사람들에게 담배 이야기를 할 때마다 하는 이야기다.

그날 편의점에 내려가 내 돈 주고 직접 한 갑을 샀더라면 그 이후로 쭉 담배를 피웠을 것 같다고. 그러나 다행히도 그렇게 하지 않았고, 그 덕에 그때를 가볍게 웃으며 추억할 수 있게 되었다. 단, 그간 이해하지 못했던 담배의 무서운 매력과 중독성을 알게 된 사건이기도 했다.

보이차에 대한 글을 쓰던 중 담배 이야기를 먼저 꺼낸 이유가 있다. 위에서 말했던 그 묘한 매력이라고 해야 할지, 중독성이라고 해야 할지 표현하기도 애매한 그 느낌이 마치 보이차와도 같다고 느꼈기 때문이다. 물론 보이차에서 담배 맛이 난다거나 하는 등의 맛이나 향에 대한 비유를 하는 것은 아니다.

차의 매력에 알게 됐을 무렵, 여기저기에 "나는 차를 좋아해요."라고 말하고 다녔던 적이 있었다. 차마 차에 대해 "잘 알아요."라는 말은 못 하던 때였지만 좋아하는 것에 진심이라 저렇게나마 표현하고 다녔다. 나와 비슷하게 차를 좋아하는 사람을 만나면 도시에 몇 없는 고향 사람을 만난 것만큼이나 신기해하고 반가워했다. 우연히 한 작가님을 알게 되었는데, 내가 차를 좋아한다는 말을 건네자 본인도 차를 좋아한다고 했다. 이어서 본인은 주로 몇백만 원짜리 보이차를 마신다고 하며, 차마시는 모임에 초대해줄 테니 오라고 했다. 그 모임은 내가 보이차에 입문하게 된 결정적인 계기가 되었다.

몇백만 원짜리 차를 마신다는 사실에 충격을 받은 것도 잠시, 그 기회를 놓칠 수 없었던 나는 초대에 응하여 처음으로 보이차를 경험했다. 사실 그때 마신 게 얼마짜리였는지는 모르겠다. 보이차를 처음 접하다 보니 기준점이 없어 비싼 차를 마셔봤자 그게 좋은지도 몰랐던 때였다. 차를 좋아한다고 했지만, 당시 내가 자주 접하고 좋아하는 차는 기껏 해봐야 녹차와 홍차류였기 때문이다.

그렇게 경건한 마음으로 첫 보이차 시음을 기다렸다. 차 마니아들만 있는 모임이어서 그런지 팽주(烹主_차를 우려내어주는 사람)가 작은 자사호(다구)에 찻잎을 정량보다 훨씬 더 많이 넣어 굉장히 진하게 내렸다. 그때의 기억이 아직도 생생하다. 우려낸 수색이 찻물이라 부르기

애매할 정도로 검고도 진한 나무색을 띠어, 마치 한약과도 같았다. 맛 또한 진한 땅의 맛, 흙 맛이 났고 흔히 마시던 녹차와 홍차에서 느껴지는 찻잎의 맛이라기보다 차나무가 심어진 땅의 흙과 나무뿌리부터 가지, 잎을 모두 갈아 넣어 한데 끓인 듯한 맛이었다.

첫 느낌이 굉장히 묵직하게 다가왔다. 녹차나 청향계 청차의 맑은 느낌을 더 선호하던 나에게 이 보이차의 진하고 깊이 있는 무게감이 처음에는 불호로 다가왔다. 당시 나는 비싸고 말고를 떠나 입안에 맑은 침이 절로 고이는 깔끔한 느낌의 차를 좋아했기 때문이다. 그날은 초대받은 자리이고 다들 좋다고 하니 좋은 건가 보다 하면서 열심히 받아 마셨지만 말이다.

그러나 그 이후 나는 어떤 매력 때문인지는 잘 모르겠지만 자꾸 보이차 생각이 났다. 마치 첫인상이 그리 좋지 않았음에도 불구하고 담배를 '다시 한번 태우고 싶다'라는 느낌이 들었던 것처럼. 그런데 보이차는 담배처럼 몸에 해롭지도 않고, 향이 고약하게 남는다거나 하는 단점도 없으니 다시 경험하지 않을 이유가 없었

다. 오히려 건강에도 좋으니 몸이 더 원하는 느낌이었
다.

 그렇게 시간이 흘러 두 번째로 맞이한 보이차. 두 번째
경험에서는 여전히 묵직했지만, 그 묵직함이 싫지 않게
다가왔다. 마시다 보니 끝에서 느껴지는 은은한 달콤함
과 다크 초콜릿과 같은 기분 좋은 묵직함이 느껴져, 특
히 쌀쌀해지는 날에 더 좋았다. 물고문을 하듯 따라주
는 족족 마셨는데 무한 리필하여 한참을 마셔도 술을 마
시는 것처럼 쭉쭉 들어가는 게 신기하기도 해 슬슬 재미
를 느꼈다. 물을 그렇게 마셨으면 물배 차서 더 이상 못
마셨을 양이었는데, 마시면서도 이게 가능한가 싶었다.

 처음엔 묵직해서 불호로 다가왔던 느낌이 이제는 겨
울이면 생각나는 매력으로 다가왔다. 향수도 보통 겨
울에는 묵직한 향을 쓰듯, 차도 추운 겨울이 되면 묵직
한 맛이 잘 어울린다. 그렇게 몸을 덥혀주는 묵직한 보
이차가 나에겐 매 겨울 먹어야 하는 필수 품목 중 한 부
분이 됐다. 더군다나 마시다 보면 몸도 후끈해져 겨울
에 난방비를 절약할 수 있는 좋은 에너지원이 되기도

한다.

　그래서 나에게 겨울에 반드시 먹고 싶은 3대장을 꼽으라 하면 제철 음식인 생굴에 김장김치 조합(아일라 위스키까지 곁들인다면 그곳이 천국), 붕어빵, 그리고 보이차를 말할 것이다. 언젠가 저녁 식사로 생굴에 김장김치, 그리고 좋아하는 아일라 위스키인 라가불린 16을 곁들인 후 디저트로 보이차와 초콜릿, 붕어빵까지 모두 함께 먹을 수 있다면, 그것은 성공한 인생이라고 할 수 있겠다.

　보이차가 수많은 차 중에서 내 원픽이라고 할 수는 없지만 추운 겨울이 되면 어김없이 생각나는 차다. 그러니 보이차는 겨울이 끝나기 전 무조건 한 번은 먹어줘야 하는 겨울철 붕어빵과도 같은 존재라고 할 수 있다. 담배는 차마 권할 수 없지만, 추운 겨울 몸을 훈훈하게 덥혀주는 이 보이차의 묵직한 매력은 많은 이에게 알려주고 싶다.

보이차의 무게가 357g인 이유

 야채를 수급하기 어려운 티벳의 고산지대 사람들은 차를 통해 비타민을 섭취했다. 티벳 사람들에게 차는 살아가는 데 필수 품목이었기 때문에, 본인들이 가진 말과 중국의 차를 교환했다.

 차마고도(茶馬古道)를 통해 차를 유통하던 시기, 운반에 편리하도록 찻잎을 압축하여 지금의 병차 형태로 만들어 말에 실려 운반하였는데 말 한 필이 지닐 수 있는 중량은 60kg였다. 당시 병차 한 묶음은 7매(2.5kg)였는데, 말에 각각 12묶음씩 양쪽으로 24묶음을 매달면 60kg이 된다. 이때 병차 한 묶음(7매)을 1매의 무게로 계산하면 357g이 나온다.

 이를 맞추기 위해 하나의 병차를 357g으로 정한 것이 오늘날까지 이어지고 있다.

* 차마고도(茶馬古道)는 중국과 티벳, 인도를 잇는 전근대 무역로이다. 대항해시대 교역로였던 실크로드(Silk read)보다도 200여년 앞선 무역로로 알려져 있다.

가배차의 첫 경험

개화기 당시 커피를 부르던 말, '고종·순종실록'
에 의하면 커피를 '가배차(嘉俳茶)'라 했다.

"커피 마시면 되지, 커피 있는데 차를 왜 마셔?"

문장을 직접 쓰면서도, 누군가에게 직접 말을 들은 듯
가슴이 매우 아프다. 물론 커피도 좋아하지만, 차를 더
사랑하는 사람으로서 이 질문을 하는 사람들에게 역으
로 묻곤 한다.

아메리카노 처음 마셨을 때를 기억하는지.

나도 그렇지만 커피를 좋아하는 주변 사람들에게도

아메리카노에 대한 첫 기억을 묘사해보라고 하면 대부분 같은 반응이다.

"와, 쓰다. 이걸 왜 마셔?"

사실 이 정도는 순화해서 말한 것이고, 내가 기억하는 아메리카노의 첫 기억은 이보다 훨씬 더 강력했다. 누군가 나에게 못 먹을 걸 가지고 와서는 몰래 카메라를 찍는 건 아닌지 의심했을 정도니까.

여러분 또한 아메리카노를 처음 마셨던 때를 떠올리면 그 맛에 대한 기억이 그리 유쾌하지 않을 것이다. 적어도 커피에 환장하는 내 주변 사람들에게 이미 설문조사를 끝낸 결과로는 그렇다. 고등학교 2학년 때쯤이었던가. 여름방학 때 서울에 올라가 사촌 형을 만나 카페라는 곳에 처음 갔다. 이런 말 하긴 부끄럽지만 내가 살던 시골엔 그 당시까지만 해도 카페란 게 들어오지 않았었다.

카페에 들어가자마자 먼저 놀랐던 건 각 메뉴의 가격

이었다. 음료 한 잔이 밥값과 별다른 차이가 없다는 사실에 놀랐고, 그럼에도 불구하고 카페에 북적대는 사람들이 꽤 많다는 것도 놀라웠다. 그중 가장 놀란 사실은 곧이어 자세히 설명하려 한다.

당연히 카페라는 곳 자체를 가본 적이 없었던 나는 뭘 먹어야 할지, 뭐가 맛있는지, 실은 무슨 맛인지조차 잘 몰랐다. 그때까지도 내가 아는 커피는 그저 맥심 믹스커피 혹은 레쓰비 캔커피 정도였으니까 말이다. 메뉴를 못 고르고 있자, 형이 본인이 고른 것과 같은 걸 한번 먹어보라며 골라줬다.

아메리카노. 이름은 뭔가 굉장히 미국스럽다는 점에서 합격이었다. '커피를 테이크아웃 하여 뉴욕의 도시를 바쁘게 거니는 샐러리맨이 된 기분이 이런 것일까?' 하는 하등 쓸모없는 생각과 더불어 나도 드디어 이런 거 (좀 멋있어 보이는 거)를 접해 보는구나 하는 허세에 취해있을 무렵, 음료가 나왔다.

10년이 훌쩍 지난 당시 가격으로도 가벼운 한 끼 식사의 70~80퍼센트는 되는 가격에 바글바글한 카페 안의 사람들. 이 음료는 무조건 맛있어야만 한다는 기대와 함께 컵에 빨대를 꽂아 한 모금 쭉 들이켰다.

억..?!

위의 '억' 소리는 요리왕 비룡 만화에서 나오는 '미미(美味)!'와 같은 감탄사의 억 소리가 아니라 정말 당황스러움에서 나온 억 소리였다. 음료를 뿜지 않은 것을 칭찬해야 할 수준이었고, 그에 뒤따르는 감정은 혼란스러움이었다.

'형이 나 골탕 먹이려고 일부러 못 먹을 걸 시켜준 건가?' 하는 생각이 아주 짧게 머리를 스쳤다. 그와 동시에 내 생각이 맞다면 형이 웃음을 참고 있겠지 싶어 몰래, 그리고 재빠르게 형의 표정을 스캔했지만 형의 표정은 미동 없이 너무도 자연스러웠다. 그도 그럴 것이 형 역시 같은 메뉴를 시켰으니 그건 말도 안 되는 일이었다.

'당연히 마시라고 파는 메뉴니 못 마실만한 걸 내놓지

는 않았을 텐데 지금 이 상황은 뭘까?' 하는 생각에 여전히 머릿속이 혼란스러웠다. 결국 비싼 돈 주고 사준 거니 남기기도 아까워 거의 억지로 마셨다. 흡사 어린 시절 먹기 싫은 음식을 먹을 때 맛과 향을 제대로 느끼지 못하도록 코를 막고 들이켜듯, 숨을 참은 상태로 억지로 기도를 열어 쏟아부었다.

아이스 음료였기에 망정이지, 숨 참고 원샷할 수도 없이 천천히 맛을 음미하며 마셔야 하는 뜨거운 아메리카노였다면 첫 경험에 그렇게 완탕은 하지 못했을 수도 있다. 지금이야 뜨거운 여름을 제외하면 따뜻한 아메리카노를 더 선호하는 입맛으로 바뀌었지만 말이다.

어쨌거나 맛과 향을 즐기라고 마시는 대표 기호 식품인 커피를 목구멍에 강제로 때려 부으며, '맛도 없는데 밥값만큼 하는 걸 대체 왜 돈 주고 사 먹는 것인가'에 대한 합리적인 이유만 홀로 심각하게 찾고 있었다.

하지만 사람은 뭐든 익숙해지고 길들여지는 성향이 있다는 걸 깨달았다. 어릴 때는 술맛을 잘 몰랐다가 어른이 되며 술을 즐기는 사람이 있듯 커피도 그러했다.

　시간이 한참 흘렀다. 군대 여름휴가를 나와 땀을 뻘뻘 흘리며 길을 걷다 생각난 건 다름 아닌 아이스 아메리카노였다. 처음 커피를 마셔본 사건 이후로는 직접 돈 주고 아메리카노를 사 마신 일이 거의 없다시피 했음에도 불구하고, 내 몸은 정확히 아이스 아메리카노를 갈구했다. 그리곤 주문하여 만족스럽게 원샷을 했다. 처음 마셨던 때와 같은 원샷이었지만 기분은 확연히 달랐다.

　뭔가 어른이 된 것 같은 기분을 느꼈다. 커피는 술이나 담배처럼 어른이 되어야만 할 수 있는 기호 식품은 아니지만 기호 식품 중에 그래도 꽤 어른 흉내를 내기에 괜찮은 음료였다. 특히 아메리카노가 그랬다. 아메리카노를 기준으로 초코나 생크림 등 달콤한 재료들이 많이 베리에이션 된 커피일수록 덜 어른, 물도 타지 않은 커피 그 자체인 에스프레소는 완전 어른으로 보일 수 있는 아이템인 것이다. 이 공식에 따르면 에스프레소까진 아니지만 시럽 등의 다른 베리에이션 없이 순수 아메리카노의 맛을 알게 된 나는 제법 어른 흉내를 내는 정도

　　　　　　　　　　　　　　한잔에 우주

의 수준에는 이르렀다고 할 수 있었다.

　그런데 한 가지 풀리지 않는 의문이 있다. 기호 식품의 대명사로 불리는 '커피, 담배, 술', 이 모든 것들의 첫 느낌이 마냥 좋지는 않다는 것이었다. 처음엔 이걸 왜 피우고 마시지 싶다가도 다들 하는 걸 보다 보니 '나름 괜찮은 것 같다'라는 사회적 분위기에 휩쓸려 어느샌가 모두가 적응하는 느낌이다. 하지만 차는 달랐다. 개인적인 의견이지만 첫 느낌부터 다른 기호식품들과는 확실히 달랐다. 우리나라에서는 사실 비주류에 속하는 기호 식품이지만, 나에겐 돌고 돌아 평생 함께할 운명의 짝을 만난 느낌이었다.

　본격적으로 차를 마시다 보니 마치 길고양이에게 간택 당하는 것처럼 생각보다 나와 같은 사람들이 곳곳에 꽤 많이 숨어있다는 걸 알 수 있었다. 생각 외로 떳떳하게 차밍아웃을 하는 사람은 많지 않았다. 회사에서 카페에 가면 모두 아메리카노로 통일할 때 혼자 티 메뉴를 주문하는 자신이 유별나 보이거나 부끄러울 수도 있다. 아메리카노를 포함한 커피를 마시는 것이 도시의 샐러리맨과 같은 어른이 된 느낌이라면, 차는 어른보다는 노인에 가까운 느낌이라는 말이 웃기고 슬펐지만 사실 마냥 부정할 수만은 없었다. 그래서 우리 사회의 큰 숙제를 홀로 떠안은 듯 고민했다. 차의 대중화를 위한 방법이 무엇일지. 고심 끝에 나온 나의 해결책은 블렌딩이었다.

에스프레소를 즐기는 사람을 완전 어른, 마끼야또와 같은 베리에이션 커피를 덜 어른으로 보는 것처럼, 전통적인 싱글 티를 즐기는 사람을 노인으로 인식한다면 이 또한 블렌딩 티와 티 베리에이션 음료를 즐기는 사람은 커피와 동등한 완전 어른으로 인식을 바꿀 수 있지 않을까!

더 나아가 스타벅스가 카라멜 마끼야또와 같은 베리에이션 메뉴를 통해 커피의 진입장벽을 낮췄던 것처럼 나 또한 차의 대중화를 비슷한 방식으로 이뤄볼 수 있지 않을까 하는 생각에 가슴이 두근두근 뛰었다. 물론 이미 카페에서 티 베리에이션 음료를 많이들 판매하고 있기에 내가 최초까진 아니겠지만 대중화를 이뤄 '문화를 만드는 것은 또 다른 문제가 아닐까'하는 기대 섞인 호들갑이 시작되었다.

이 글은 성지가 될 것이다. 아니 되기를 바란다.

미국이 세계적인 커피 소비국이 된 이유:
보스턴 차 사건(Boston Tea Party)

영국이 식민지였던 미국에게 부과하는 차별화된 세금으로 인해 매사추세츠 만 식민지 주민들이 영국의 차(tea) 수입을 저지하며 일어난 사건. 1773년 12월 16일, 인디언으로 분장한 보스턴 시민들이 보스턴 항에 도착한 영국동인도회사 배에 실린 차 342박스(이때 버려진 차를 원화로 계산하면 약 20억원 상당이라고 한다)를 바다에 던져 버린 사건이다. 이 사건은 미국이 영국으로부터 독립 전쟁을 선언하게 되는 불씨가 된 사건 중 하나로 불리기도 한다.

이 사건 이후 미국은 영국에 대한 반감으로 인해 차를 마시지 않는 것이 애국적 행위로 여겨졌으며, 커피는 독립과 희망, 개혁의 상징이 되어 차 대신 커피를 마시는 문화가 생겼다.

미국에서 차 문화보다 커피 문화가 발달하고, 미국이 세계적인 커피 소비국으로 자리 잡은 이유이기도 하다.

초록을 우리는 우리는

잔나비의 노래 〈초록을 거머쥔 우리는〉 제목을
오마주하여 사용했다

J: 너 지금 재밌지? 야, 너 앞으로 기타 쳐.

손이 아팠다. 안 친지가 몇 년이 지나 본래의 목적성
을 상실한 채, 방 한구석에서 약간의 먼지와 함께 장식
역할만 하던 기타였다. 그런 기타를 다시 잡으니 손에
굳은살이 모두 사라져 오랫동안 연주를 하기 힘들었다.
굳은살이 사라진 대신 손은 굳을 대로 굳어버려 코드
를 체인지할 때도 버벅거리기 시작한 것이다. 굳은 것
은 손뿐만이 아니었다. 머리까지 굳어 악보를 보고 코
드를 인식하여 손으로 운지하는 것에 대한 뇌의 입력

속도도 현저히 줄어들었다. 또, 몇 가지 코드는 기억을 떠올리는 것에도 한계를 느끼고 있었다. 그럼에도 표정은 굉장히 밝았나 보다. 물론 직접 내 모습을 보진 못했지만 고등학생 때 함께 밴드부를 했던 J는 내게 이렇게 말했다.

- 야, 너 앞으로 기타 쳐. 너 지금 재밌잖아. 취미 하나 가지고 있는 거 되게 좋은 거야.
- 에이, 돈 벌어야지. 뭔 취미냐. 돈도 안 되는 거.

 사실 나조차도 내 입에서 이런 말이 나올 줄은 몰랐고, 그래서 말을 하면서도 놀랐다. 나의 온전한 취미는 존재했을까? 생각해보면 취미를 항상 취미답게 즐기지 못했고, 취미마저 경제적으로든 자기계발적으로든 나의 성장에 발전적인 요소가 있어야만 한다고 생각했다. 내가 봐도 안타까울 정도로 나는 정말 피곤하게 살아왔다.

 그러고 보니 취미도, 연애도, 수차례 해봤지만 온전히 그것에만 미친 듯이 집중한 적 있느냐는 질문에는

한잔에 우주

회의감이 든다. 그래서 취미와 연애 이 둘을 잠시 놓아주고 있나 보다. 얼마 전 "만나는 사람 없냐?"라는 주변 사람들의 물음에 "에이, 내 앞가림도 잘못하는데."라고 답하자, 친구는 그런 사람들도 다 연애한다며 내 말을 받아쳤다.

남들이 그러는 것과는 별개로 나는 그럴 수가 없었다. 그래서 연애를 자연스럽게 포기했다. 정확히 말하면 당분간은 할 시기가 아니라고 생각했다. 더 이상 연애에 내 힘과 시간, 감정을 쓰는 게 사치라고 생각했다. 연애도 여유 있는 사람들이나 하는 것이라는 생각이 슬프게도 연애하는 중에 들었다.

한때는 좋아하는 사람과 휴대폰이 뜨거워지다 못해 휴대폰이 닿는 두 쪽 뺨이 번갈아 가며 뜨거워질 때까지 통화하기도 했고, 온종일 일과 관련된 것은 전혀 생각하지 않고 좋아하는 사람과 붙어서 시간을 보내기도 했다. 물론 좋았다. 그러다 어느 순간 문득 '내가 이러고 있는 게 맞나'라는 생각, '이 시간에 뭘 해야 하는 게 아닐까'하는 생각이 들었다.

열심히 산다 한들 반드시 보장받을 수도 없는 불확실한 미래의 안정감과 행복을 위해 현재의 행복을 미뤄야한다는 게 참 아이러니했지만, 전혀 무시할 수는 없는문제였다. 미래가 불투명하다는 이유로 하루살이처럼오늘의 행복만을 좇으며 살 수도 없었다.

혼자인 상황에서 쉬거나 놀 때 이런 생각이 스치면 잠시 죄책감을 느끼면 되지만, 혼자가 아닐 땐 상황이 조금 달랐다. 상대와 함께 시간을 보내고 있는데 이런 생각이 들 때면, 홀로 이런 생각을 한다는 것 자체가 미안해졌다. 그러나 이런 생각이 반복되는 건 피할 수 없었고, 홀로 몰래 미안해하는 것도 힘들었다. 그래서 하던연애를 내가 처음으로 놓았다.

결혼은 경제적으로 준비가 되면 하고 싶기에 늦게 하고 싶다는 말을 자주 하곤 했었다. 그런데 연애를 하다보니 연애할 준비도 되어 있지 않다는 걸 깨달았다. 연애에는 집중하지 않으며, 홀로 이기적인 연애를 하고있던 나를 발견한 것이 이유라면 이유일 것이다.

한잔에 우주

내 몸뚱이 하나 건사하기 힘든 삶에서 부가적인 것들은 사치라고 느꼈다. 항상 먹고 사는 것에 급급해하며 살아왔기에, 생계에 직면할 때면 취미와 연애 모두 뒷전이 됐다. 그래서 나를 거쳐 간 취미와 소중했던 많은 사람들에게 미안한 마음이 크다.

경제적, 시간적 여유도 없는데 심적 여유도 없었다. 그게 참 힘들었다.

심적 여유가 없을 때 혹은 여유가 없다고 느낄 때마다, 여유를 느끼기 위해 의식적으로 차를 홀짝였다. 그러면 괜히 여유가 생긴 것 같은 느낌이 들었다. 커피는 왠지 바쁜 시간에 쪼개어 잠을 쫓고, 각성하기 위해 마시는 느낌이라 일부러 더 피하기 시작했다.

시간적 여유도 비슷하게 해결했다. 나에게 차를 마실 수 있는 시간이 있다는 것은 쉴 수 있는 시간이 확보됐다는 것과도 같았다. 너무 바빠 오랜 기간 짧은 틈마저도 시간이 도저히 나지 않을 때, 선택한 방법은 차를 마시는 거였다. 이게 무슨 헛소리인가 싶겠지만 쉴 때마다 마시던 차를 바쁠 때도 마시게 함으로써 스스로 뇌를 속이게끔 하는 것이었다. 차를 마실 때마다 몸과 마음에 쉼을 주었던 그 기억을 불러와 뇌에도 잠시나마 쉼을 줄 수 있도록 하는 것. 자가 진단에 의한 처방이었다.

과학적인 근거와 상관없이 차를 마시는 행위는 매일 아침의 루틴이자 소소한 취미가 되었고, 치열하고 여유 없는 삶에 그나마 유일하게 여유를 주는 매개가 되었다. 거창하게 다구를 꺼내지 않더라도, 머그컵에 티백만 있더라도 그 시간은 잠깐의 쉼을 주기에 충분했다.

'보통의 일'이라는 뜻으로 자주 쓰이는 '일상다반사'라는 말을 좋아했다. 이 말의 어원이 차에서 왔다는 걸 모르는 사람도 많은데, '다반사'라는 말을 풀어보면 여기엔 '차를 마시고 밥을 먹는다'라는 뜻이 담겨있다. 그러니 어원대로라면 차를 마시는 것도 밥을 먹는 것처럼 일상적인 일인 것이다.

그러나 차를 마시는 건, 밥만큼이나 생존에 필수적인 것은 아니어서였을까? 우리 삶에서 차는 서서히 멀어져

갔다. '일상다반사'에서 '일상반사'로 그 의미가 바뀐 것
이다. 문득 '사는 건 밥을 먹는 것이고, 행복하게 사는
건 차를 마시는 게 아닐까?'하는 생각이 들었다. 곧이어
현대인이 행복 지수가 낮은 이유가 어쩌면 차 마시는 빈
도, 정확히 말해 '차를 마실 수 있는 물리적 혹은 심적 여
유가 부족해서가 아닐까?' 하는 결론에 이르렀다. 나름
의 개똥철학이 정립된 것이다.

결국 나는 행복해지기 위해 의식적으로 차 마시는 빈
도와 시간을 늘렸다. 물론 '행복하냐?'라는 질문에 '사실
잘 모르겠다'라는 대답이 앞서지만, 확실한 건 덕분에
불행하지는 않다는 것이다. 불행하다는 이 부정적인 감
정을 하나의 어떤 매개로 컨트롤 할 수 있다는 것도 행
복이라면 행복이지 않을까 생각해 본다. 의식적으로 마
신다고 표현했지만, 차를 마시다 보면 생각보다 행복에
한 발자국 나아간 느낌이 들곤 했다.

차도 기호 식품이기에 취미나 연애처럼 사치재라는
점에서 공통점을 가진다. 그러나 게임이나 연애처럼 자
극적이거나 짜릿한 느낌으로 도파민이 팡팡 터지는 것

과는 다르다. 세로토닌과 같은 측면의 보상을 주는 느낌이다(물론 술과 함께한다면 세로토닌과 도파민이 공존하게 되겠지만). 차를 우리는 순간부터 한 모금 마시는 순간까지 이 모든 순간은 돈벌이를 위해 했던 가짜 취미 수단과는 달랐다. 사람들을 만날 때조차 느끼기 힘들었던 여유를 되찾은 기분이었다.

 초록의 잎을 우리는 동안 우리는 깊고 얕은 생각에 빠진다. 초록이 우러나오는 것을 그저 바라보기를 반복하다가 어느새 싱그럽고 향긋한 녹차의 맛을 느껴본다. 달지 않으나 달고, 단순하고 담백한 듯하나 엄청나게 섬세하고 복잡한 맛과 향에 감탄한다. 이 깔끔한 맛의 한 잔이 입안에 들어가 모든 미뢰를 적신 후 가볍게 목을 타고 넘어가면, 입안에서는 다시 맑은 침이 사악-하고 고이면서 자연스레 미소가 지어진다. 이 순간에 집중하면 적어도 불행하다고 느낄 틈이 달아난다.

 '행복은 강도가 아닌 빈도'라는 말처럼 초록을 우리는(Brew) 빈도를 늘림으로써 우리(We)는 행복으로 한 걸음 나아갈 수 있을 것이라 생각해본다. 읽는 사람에 따라

여기서 쓰인 초록은 녹차일 수도, 혹은 나를 편하게 해
주는 다른 어떤 것일 수도 있다. 특별히 좋아하는 게 없
다면 초록을 우려보길 추천한다.

　그렇게 우리 모두 초록을 향해 나아가기를. 여기서 말
하는 초록은 행복이다.

한국 녹차(우전과 세작, 중작, 대작)를 구분하는 기준: 수확 시기에 따른 분류

- 우전: 24절기 중 곡우(4월 20일 전후) 전에 어린 찻잎만을 따서 만든 차를 말한다. 다른 이름으로 첫물차라 표현하기도 한다. 가장 어린 잎을 사용하기 때문에 채엽할 수 있는 기간과 양이 많지 않아 가격이 가장 비싸게 측정된다.

- 세작: 곡우와 입하(4월 20일~ 5월 5일 전후) 사이에 채엽한 찻잎으로 만든 차를 칭한다. 찻잎이 참새(雀)의 혀(舌)와 같은 어린 새순으로 만들어 '작설차'라 표현하기도 한다.

- 중작: 입하(5월 5일 전후)부터 5월 중순까지 딴 찻잎으로 만든 차. 세작과 대작 중간 크기로 이루어져 있다. 우전과 세작에 비해 가격이 낮아 합리적이며, 맛 또한 크게 떨어지지 않아 대중적인 차로 꼽힌다.

- 대작: 중작 이후에 채엽한 잎으로 만든 차를 말하며, 앞에서 말한 우전, 세작, 중작 중에서 가장 찻잎의 크기도 크다. 이 중 값이 가장 저렴하다는 장점이 있어 음료 제조용, 요리용으로도 많이 활용된다.

착한 사람만 걸리는 병

태영아, 나 공황장애래.

지하철에서 숨이 안 쉬어지더니 갑자기 쓰러졌어. 사람들 부축받고 앉아있다가 근처 역에서 간신히 내려서 집 근처 내과에 갔는데 병명을 모르겠다고 하더라고. 정신과에 가보라고 해서 갔더니 공황장애래.

누나는 내게 전화로 이 사실을 전했다. 엄마 혹은 다른 가족들 누구에게도 말하지 않고 처음으로 나에게만 했던 전화였다. 이후로도 누나는 정신과를 다니며 상

담할 때면 주변에 속 깊이 터놓고 말할 사람이 있느냐
는 의사 선생님의 물음에 늘 동생 한 명밖에 없다고 말
했다고 했다.

　그러나 정작 나는 그 말을 듣고 좌절했고 죄책감에 휩
싸였다. 누나가 속 깊이 터놓고 하는 얘기를 잘 들어주
기는커녕 똥 같은 말만 싸질러댔던 기억들이 머릿속에
서 휙휙 지나갔기 때문에.

　사실 들어주는 것조차 귀찮아했다.

　누나가 다니던 회사의 같은 부서에는 유일한 여자 사
수가 있었다고 한다. 누나는 이유도 없이 그 사수에게
혼났고 괴롭힘을 당했다는 말을 정말 많이 하곤 했다.
그런데 당시에 내가 했던 말은,

　어휴, 그런 게 어딨냐. 이유 없이 왜 혼내.
　아, 그럼 그냥 잘못했다고 해.
　그럼 되지, 뭘 그렇게 신경 써.

이딴 말뿐이었다. 난 대체 누나에게 무슨 말을 한 걸까?

생각할수록 정말 때려죽이고 싶은 부끄러운 과거이지만 반성하는 의미에서 이렇게 적어본다. 정말 가까운 몇몇 사람들에게만 가끔 죄를 뉘우치듯 고백하던 내용이었는데 이렇게 글로 세상에 까발리게 되었으니 이제 훨씬 더 많은 사람들이 알게 됐다.

아빠가 돌아가신 이후로는 이상하다 싶을 정도로 어떤 일에도 눈물이 안 났는데 수화기 너머 누나의 말을 전해 듣는 순간 미안해서 눈물이 났다. 그렇게 전화를 끊자마자 누나에게 뜬금없이 100만 원을 보냈다. 맛있는 거 사 먹으라면서. 맛있는 거 사 먹으라고 백만 원을 보냈다고 하니 언뜻 보면 돈이 많았나보다 생각하겠지만 그건 물론 아니었다. 군대 전역하고 복학 후 기숙사비와 생활비 등을 마련하려 스키장에서 한 시즌 바짝 일해 돈을 모아뒀던 터라 돈이 조금이나마 있었던 상황이었다. 그래봤자 다음 학기 생활비로 이것저것 쓰다 보면 금방 사라지는 정도의 금액이었지만.

진료 상담비며, 약값이 꽤 비싸다고 들었다.

맛있는 거 먹으라고 용돈 보내준다며 물어본 계좌번호에 10만 원이 아닌 0이 하나 더 찍혀있는 걸 보고 누나는 깜짝 놀라 잘못 보낸 거 아니냐며 다시 전화를 걸어왔다. 어쩌면 그냥 멋있는 척을 해보고 싶었던 건지도 모른다. 그보다 이렇게라도 해서 마음속에 가졌던 죄책감을 덜고 싶었을 수도 있다. 어쩌면 누나가 아픈 게 내 책임이 아니라며 회피하려 한 행동이었는지도 모르겠다.

'그때 내가 잘 이야기해줬다면 괜찮지 않았을까? 아니면 차라리 가만히 잘 들어주기라도 했다면 어땠을까?' 하는 죄책감이 크게 나를 괴롭혔기 때문이다.

누나가 다니던 회사는 이름 있는 공기업 중 한 곳이었는데, 얼마 전에 공공기관 근무의 장단점에 대해 우스갯소리로 돌던 짤을 보고 누나 생각이 났다.

- 공공기관의 장점: 잘릴 일이 없다.
- 그보다 더 큰 단점: '저 새끼'(싫어하는 직장 내 사람)도 잘

릴 일이 없다.

제3자인 사람들은 우스갯소리로 듣고 넘길 말이겠지만, 당사자로서는 얼마나 지옥 같은 말이었을까.

누나는 그 지옥에서 구원해줄, 아니, 말이라도 들어 줄 사람이 없어 동생이란 놈에게 털어놨는데 그 동생이란 놈은 관심이 없었던 거다. 차라리 그냥 관심이 없는 걸로 끝났으면 다행이었을 텐데 막 군대에서 제대한, 사회의 매운맛 따위는 하나도 모르는 피라미가 뭐라도 아는 양 훈계 아닌 훈계나 늘어놓고 있었던 거였다. 그냥 들어주고 공감해주기만 했어도 충분했을 텐데 답답해하며 쓰레기 같은 답변만 내놨다. 누나는 정작 답을 원한 게 아니었을 텐데 말이다.

군대 하나 다녀오더니 세상의 이치를 깨달았다고 생각했었나 보다. 2년도 채 되지 않는 시간 동안 군대에서 가장 많이 하는 말이 '죄송합니다'였는데, 복무 당시 나는 그 말을 새로 배워왔다고 해도 과언이 아닐 정도로 많이 했었다. 그곳에서 죄송하다는 말은 치트키와 같았기 때문이다. 논리가 안 통하는 그곳에서 설령 내가 억울하고 잘못이 없더라도 일을 더 키우지 않고 넘어가기 위해 죄송하다고 말하는 것이 최선의 방책이었다. 당시의 나를 그나마 변호하자면 그냥 나는 누나에게 그걸 가르쳐주고 싶었던 거였다. 처음엔 정말 억울하고 적응 안 되던 이 표현도 감정 없이 말하기 시작하니 이보다 더 편한 표현이 없다고 느꼈기 때문에.

그래서 나름은 해결책이랍시고 누나에게 뱉은, 아니 배설한 말이 그런 말들뿐이었다. 나 따위가 뭐라고 해결책을 줘야겠다고 생각했을까. 생각해보면 웃긴 일이다. 누나가 그 상황도 더 잘 알고, 사회생활도 몇 년씩이나 해왔으니 나보다 더 잘할 텐데 말이다.

그 경험 후로 누군가 내게 고민을 털어놓으면 더 이상 해결책을 주려 하지 않는다. 그저 들어주는 것에 최선을 다한다. 누나는 그 이후로 캐모마일 차를 자주 마셨다. 물어보니 병원에서 캐모마일 차를 마시면 심신 안정에 좋다고 했다면서, 평소 잘 안 마시던 차를 마시기 시작했다.

한잔에 우주

그걸 보고 심신 안정에 도움이 되는 캐모마일 차를 만들어보고 싶다고 생각했다. 물론 차가 약은 아니지만, 때론 그보다 더한 효과가 있을 수도 있지 않을까 싶어서. 누군가의 말을 잘 들어주고 좋은 말을 잘해주는 것역시, 약은 아니지만 그보다 더 큰 도움이 될 때가 있는 것처럼 말이다.

나는 항상 '내가 먹고 싶은, 내가 좋아하는, 나를 위한 차'를 연구하고 개발하려 노력했다. 그런데 처음으로 딱히 좋아하지도 않는 캐모마일을 가지고 내가 아닌 누군가를 위한 차를 만들어보고 싶다는 생각을 했다. 어느 유명 연예인의 말에 따르면 공황장애는 착한 사람들만 걸리는 병이라고 한다. 나는 누나처럼 착하지 않아 공황장애는 걸리지 않을 것 같지만, 누나를 비롯한 이 세상 모든 착한 사람들을 위한 차를 만들어 보기로 했다.

티 이름은 For my sister. 우리 누나처럼 착해서 마음이 다친 분이 있다면, 여기서 차 한잔하고 쉬어가길 바란다.

캐모마일(Chamomile)

국화과에 속하는 무카페인 허브류. 서양에서는 불면증 차로 이름이 알려져, 잠들기 전에 마시는 차로 통한다. 그만큼 수면을 돕고 불안을 완화하는 데 효과가 좋기로 유명하다.

어원은 그리스어 '땅(kamai)'과 '사과(Melon)'의 합성어로 '대지의 사과'라 부르기도 한다. 캐모마일의 꽃잎에서 사과 향이 난다고 하여 붙여진 이름이며, 꽃말은 '역경 속의 힘(Energy in Adversity)'이다. 캐모마일이 가혹한 환경에서도 잘 자라나는 특성에서 유래됐다고 한다.

냄새에 관하여

"냄새가 선을 넘어." (영화 〈기생충〉 중 봉준호 作)

살아온 환경 속에서 배는 냄새가 있다. 빨래를 해도, 향수를 뿌려도 모두 가릴 수는 없는, 마치 영화 기생충에 나오는 기우네 가족의 반지하 냄새처럼. 그래서 영화 기생충은 냄새에 관한 영화라고도 한다. 그 냄새를 소재로 빈부 격차를 보여주고 있다. 반지하 냄새, 지하철 냄새. 누구도 정하진 않았지만 냄새로 계층이 구분된다는 걸 알아차릴 수 있다.

나는 '우리 가족이 도시에서 살았다면 반지하에 살지

않았을까' 하는 생각을 영화 기생충을 보며 했다. 다행인진 모르겠지만 어린 시절 인구밀도가 낮은 시골에서 살다 보니 반지하에서 살진 않았고 그 덕에 반지하 냄새가 몸에 배는 일은 없었다. 그러나 서울에 올라오고 나서는 영화 기생충 속 기우네 가족처럼 나에게 가난한 냄새가 나진 않을까 걱정하곤 했다. 여기서 말하는 냄새는 실제 물리적인 냄새뿐만 아니라 촌티와 빈티와 같은 단어로도 총칭할 수 있을 것 같다. 조금 더 구체적으로 말해본다면 '가난 때문에 누리지 못했던 경험의 부재'에서 비롯된 내가 가졌던 분위기라고도 할 수 있다.

학창 시절 가끔 서울에 올라올 때면, 멋지고 화려해 보이는 사람들을 보며 이들이 가진 부티는 대체 어디서 나오는 것인지에 관해 깊은 고민을 하곤 했다. 그렇게 나름의 연구를 통해 느꼈던 건 단정하고 깔끔한 머리와 옷차림새, 그리고 향이었다. 물론 지금은 조금 생각이 달라진 부분도 있지만, 당시에는 그렇게 느꼈던 것들을 최대한 흉내 내며 도시 속 그들과 이질감이 느껴지지 않도록 부단히 노력했다.

화려한 서울의 이미지에 대조되는, 나의 차림새와 향기 등의 분위기로 내 깊은 내면과 환경까지 들킨다는 게 두려웠기 때문이다. 흉내라도 내지 않으면 마치 치부를 드러내고 다니는 듯한 느낌이 들었다. 그래서인지 나는 미처 알지 못하는 내 본연의 냄새를 숨겨야겠다고 생각했다. 돈을 주고 구입할 수 있는 고급스러워 보이는 향으로 가면 쓰듯 말이다. 이 가면은 단지 내가 뿌린 향이 나를 덮었을 뿐인데, 꼭 내가 그 좋은 향을 스스로 뿜어내는 사람인 양 착각하게 만들기도 했다. 어찌 보면 나에게 향수란 단순히 향이 좋아서 즐기기 시작한 게 아닌, 나를 숨기기 위해 사용하기 시작한 가면에 가까웠다. 고마운 존재였지만 한편으로는 부정할 수 없는 슬픈 사실이었다.

이게 스스로 냄새라는 개념을 인지하고 설정한 첫 번째 기억이다. 내 본연의 향을 들키지 않기 위해 다른 향으로 숨겨야 하는, 가면의 역할과도 같은 것.

경험을 통해 인지한 또 한 가지 냄새의 개념이 있다. 어떤 향이나 향수는 당장 기분을 좋게 만들어 주기도 하지만, 이전의 좋았던 기억 속으로 데려다주기도 한다는 것이다. 향을 통해 일종의 추억여행이 가능하다는 것. 그런 의미에서 향기는 타임머신처럼 과거의 어느 순간으로 기억 여행을 하게 해주는 고마운 역할을 한다고 할 수 있다. 물론 어떤 향들은 순식간에 내가 가고 싶지 않은 특정 장소까지도 데려다주는 힘이 있어, 때론 나를 힘들게 하기도 하지만 말이다.

　그럼에도 향수를 여전히 좋아하는 이유가 있다. 돈이 지금보다 더 없던 대학생 시절에는 올리브영에서 파는 보급형 향수를 사서 뿌리고 다녔는데, 비싸지 않은 저렴하고 흔한 향수임에도 그때는 그것도 내 만족감을 주기에 충분했다. 그저 나에게 좋은 향이 나는 것 같은 느낌에 기분이 좋았고, 그로 인해 자존감이 올라가는 기분마저 들었다. 위에서 언급한 것처럼 내 본연의 향을 감추고, 좋은 향으로 나를 나타내는 느낌도 한몫했을 것이다. 아무튼 향수를 처음 사용했던 그 시절, 첫 향수에 대해 특히 기억에 남는 장면이 있다.

　당시 짝사랑하던 친구와 첫 데이트를 했던 날에도 그

향수를 뿌렸다. 한 학기가 끝나고 여름방학이 막 시작했을 때쯤이라 날씨는 덥다기보다는 화창했다. 그때 내 마음이 그랬기에 그렇게 기억하는 것일지도 모르겠지만 말이다. 약속 장소에서 만나 나란히 버스를 타고 영화관에 가는 길에 열려있는 버스 창문 너머로 시원하고 상쾌한 기분 좋은 바람이 불었고, 그 바람은 나와 그 친구 사이를 돌아다니며 내가 뿌린 향수의 향이 은은하게 퍼지도록 했다. 순간 기분이 참 좋았다. 행복했다. 물론, 그 친구는 어땠을지 모르지만. 그래서 아직도 내게는 그 장면이 생생하다. 나 혼자서만 좋아했던 터라 그 친구와는 결과적으로 잘되지는 않았지만, 지금까지도 그 향수를 생각하면 가슴 뛰고 설렜던 그 한 장면이 생각난다. 그리고 여전히 어디선가 그 향이 느껴질 때면, 향과 함께 그때 그 장면으로 잠시나마 마음이 이동하기도 한다. 달리 생각하면 이루어지지 않아 가슴 아프다 생각할 수도 있는 기억이지만, 그 장면과 향만큼은 애틋하고 아련하게 남아있다.

하지만 그런 좋은 기억을 가지고 있으면서도 같은 향수를 지금 다시 뿌리라고 하면 절대 못 뿌리겠다는 궤

변을 늘어놓는다. 향에 대한 기준이 높아진 건지 아니면 어리숙하던 그 시절의 내가 떠올라서 싫은 건지는 모르겠지만, 그저 좋은 추억으로만 간직할 뿐 다시 그 향을 내게 입히고 싶다는 생각은 들지 않는다. 그 향에 대한 기억 자체는 틀림없이 좋게 남아있음에도 불구하고.

대학 졸업 후 사회생활을 하며 돈이 조금 더 생겼을 때는 유명 연예인들이 뿌린다고 하는 나름 고가의 향수를 사서 사용해보기도 하고, 드라마 속 주인공이 뿌릴 것 같은 그런 향수도 써보기도 했다. 역시나 이 또한, 나에게도 이런 향이 나면 그런 사람들과 비슷한 분위기가 풍기지 않을까 싶어서, 새로운 가면을 쓰듯 향수를 뿌렸다.

이처럼 찌질하면서도 복잡한 이유들로 향에 대해 입문했다고 할 수 있지만, 결과적으로 그 경험들은 나에게 '취향'이란 걸 알게 해준 고마운 기억으로 남아있다. 그로 인해 나와 어울리는 향과 분위기가 무엇인지 고민하게 되었고, 결국 나라는 사람을 깊이 이해할 수 있는 시간을 갖게 됐기 때문이다. 더 나아가 어느 순간부터는 향을 그 자체로 즐기는 법도 알게 됐다. 더 이상 향을 열등감의 수단으로만 사용하지 않는다는 말이다. 향수가 매력적인 또 하나의 이유는 같은 향수를 쓰더라도 사용하는 사람에 따라 미세한 향의 차이가 난다는 점인데, 이걸 느끼고부터는 내 본연의 향을 더 가꾸기 위해 노력하기 시작했다. 그 덕에 이제는 내가 발산하는 내 자체의 향을 전보다는 덜 부끄러워하게 되기도 했다.

그 기점이 언제였을까. 정확히 언제라고 규정할 순 없지만, 아마 차를 업(業)으로 해야겠다고 구체적으로 계획하고 차에 탐닉하던 시기였을 거라 생각한다. '차의 향기는 만리를 간다'는 '차향만리(茶香万里)'라는 말과 '사람을 놀라게 해 죽일만한 좋은 향'의 뜻을 가진 '혁살인향(吓煞人香)'이라는 차의 이름이 있을 정도로 '향(香)'하면 빠질 수 없는 게 차여서일까. 그 후로는 향수보다는 차의 향기에 푹 빠져있다.

더군다나 차를 업으로 하는 지금은 보다 섬세한 차향을 맡아야 하기에 향수를 뿌리는 날이 많지 않다. 한때는 외출 준비를 마무리하는 하나의 의식처럼 향수를 뿌렸다보니 외출 시 향수를 뿌리지 않으면 날 것의 상태로 밖을 나가는 기분이 들어 굉장히 어색했다. 옷을 하나 덜 입은 느낌부터 뭔가 하나를 꼭 빠뜨리고 외출하는 것만 같은 기분이 들 때도 있었다.

하지만 다시 가면을 쓰지 않는 것에 익숙해져 보고자 한다. 그 이유는 어쩌면 인공적으로 만들어낸 강렬한 향보다는, 다른 향을 입히지 않더라도 본연의 향이 매력적인 차와 같은 사람이 되고 싶다는 생각 때문일 것이다. 그런 분위기를 가지게 된다면 정말 기쁠 것이라는 생각을 자주 한다.

그럼에도 불구하고, 앞으로도 한동안은 가끔 향수를 가면의 용도로 사용할 것 같다. 그러나 이제는 가면을 벗더라도 부끄럽지 않은 차의 향기를 지닌, 내 스스로의 향을 부끄러워하지는 않는 사람이 되었으면 한다. 나아가, 한때는 치부와도 같아 들키기 싫던 내 본연의 향을 사랑해주는 사람이 있기를 바라본다.

'향을 듣는 잔', 문향배(聞香杯).

청차(Oolong tea)는 향이 좋기로 유명하다. 일본은 차를 수색으로 즐기고, 중국은 차를 향으로 즐기는 걸로 잘 알려져 있는데, 중국에서는 청차를 마실 때 차향을 즐기기 위해 고안된 '문향배(聞香杯)'라는 향 전용 찻잔이 따로 있을 정도이다.

'문향배(聞香杯: 맡을 문, 향 향, 잔 배)'의 한자어 풀이는 '향을 맡는 잔'이다. 여기서 '문(聞)' 자는 주로 사용되는 '듣다'라는 뜻 외에 '냄새를 맡다'란 뜻으로도 간혹 사용되는데, 말은 안 되지만 나는 왠지 '향을 듣는다'라는 표현이 더 낭만적으로 다가왔다. 그리고 개인적으로나마 그렇게 사용하고 싶어졌다. 학창 시절 배운 공감각적 표현(후각의 청각화) 뭐, 그런 느낌으로 말이다.

낭만을 살려 내 마음대로 표현해보면, 본문에서 언급한 것처럼 본인의 향을 고민하는 것과 같이 본인 내면의 소리에 귀 기울이는 것(집중하는 것), 자기 본연의 향을 가꾸는 것이 결국 자신의 향에 귀를 기울이는 거라고 표현해볼 수도 있지 않을까, 스리슬쩍 끼워 맞춰본다.

그러면 좋아하는 청차 중 청향계 철관음(중국 복건성 안계현에서 생산되는 우롱차의 한 품종) 한 잔 내어 드릴 테니, 문향배와 함께 향기로운 차 한잔 즐겨보길 바란다.

오겡끼데스까,
와따시와 겡끼데쓰

"너 스트레스 때문에 약 필요해 보이는데,
여기에 원하는 거 있으면 내가 도와줄게."

호주살이 시절 한적했던 일요일 주
말, 일본인 친구 메구미상의 연락이었다. 몇 달 전까지
만 해도 같은 셰어 하우스(Share House)에 살았지만, 사
실 평소에 대화는 거의 하지 않는 사이였다. 그녀는 공
장에서 일하는 친한 대만 친구들이 있어 그들이 사는 집
으로 이사를 했고, 그로부터도 꽤 시간이 흐른 뒤였다.

위의 메시지와 함께 한 장의 사진을 보내왔는데 호주
에서 유명한 'CENOVIS'라는 브랜드의 영양제 홍보물
이었다. 처음엔 사진만 보고 '뭐지? 나한테 지금 약 파

는 건가?' 하고 생각했는데 메시지를 보니 이해가 갔다.

메시지를 받기 며칠 전, 공장에서 일하다가 신경이 극도로 예민해져 식사 시간에 밥도 먹지 못하고 있었다. 그때 이 친구가 괜찮냐고, 무슨 일이냐고 물었다. 당시 나는 함께 일하는 오지(Aussie:호주인) 직원과의 트러블(사실은 괴롭힘에 가까운) 때문에 밥을 못 먹을 정도로 스트레스를 받은 상태였다. 오후 근무자였던 우리는 쉬는 시간이 곧 저녁 식사 시간이었는데, 일하다가 저녁 식사 시간이 되면 도시락 그릇까지 먹을 정도의 먹성을 보여주던 애가 스트레스 때문에 밥을 못 먹겠다고 하니 걱정이 됐나 보다.

그게 신경이 쓰였는지, 주말이라 도시에 나가는데 필요한 거 있냐며, 약을 사다 주겠다며 연락을 한 거였다. 우리는 호주의 멜버른이라는 큰 도시에서 차로 약 3시간 정도 떨어진 외곽에 살고 있었기에, 멜버른으로 나가려면 주말에 큰마음을 먹어야 했다.

그 마음이 고마워 뭐가 뭔지도 잘 모르겠지만 스트레

스 완화 제품으로 보이는 영양제 하나를 골라 사달라고 말했더니 몇 시간 후 직접 사서 집까지 가져다주었다. 다행히도 이 모든 상황을 블로그에 기록해놨던 터라 당시 상황을 생생하게 기억할 수 있는데, 그때 나는 주말에 집에서 쉬다가 밥을 먹고 설거지하고 있었다. 누군가 나를 부르는 소리에 놀라 문을 열어보니 메구미였다. 메구미는 집까지 와서 영양제를 주고 다시 자신의 집으로 돌아갔다. 우리는 당시 외국인 노동자였으니 현금을 거의 들고 다니지 않아 메구미가 떠난 후, 인스타그램 DM으로 고맙다고 말하며 약값을 이체하겠다고 했다.

don't care about st. john. I hope you will be good.
(약값은 신경 쓰지 마, 난 네가 좋아지길 바라)

그에 대한 답으로 그녀는 이렇게 말했다. 메구미의 답변에 감동의 쓰나미가 몰려왔다. 타지에서 한국 친구도 아니고 외국 친구에게 챙김을 받는다는 것은 생각도 못했던 일이라 더욱 고맙게 느껴졌다. 어느덧 퇴사하는 날, 나 또한 그간 고마웠던 마음을 담아 메구미에게 작은 선물 하나를 건네주었다.

영양제를 선물 받을 당시에는 뭔지 잘 몰라 이름을 검색해보기도 했었다. 그전까지는 스트레스를 완화시켜주는 영양제가 있다는 사실조차 몰랐기 때문이었다.

더군다나 영양제 이름도 St. John's Wort(세인트 존스 워트). 굉장히 생경하여, 인터넷에 여기저기 검색해보니 주로 유럽과 서아시아에서 서식하는 허브과 식물이라 나왔다. 그런데 항우울 효과가 있어 예로부터 우울증 치료제로도 사용되었다고 했다. 거기에 불면증 치료나 스트레스 해소에도 효능이 뛰어나 세인트 존스워트 자체를 허브차로 만들어 먹는다는 사실도 알게 됐다.

이후 많은 시간이 흘러 티 블렌딩(tea blending) 전문가 과정을 위해 여러 허브류 식물을 공부하고 다루게 됐는데, 또다시 세인트 존스 워트를 마주한 순간 너무나 반가웠다.

메구미가 떠오르며, 수많은 허브 중 가장 먼저 눈에 들어왔다. 그때의 일이 있지 않았다면 전혀 몰랐을 식물이었을 텐데 말이다. 그때 이 허브를 알게 되지 않았더라면 맛에서도 별다른 특징을 느끼지 못해 블렌딩 재료로도 쓰지 않았을 테지만, 나에게 좋은 의미가 있다 보니 비슷한 특징을 가진 티블렌딩을 할 때 조금씩 사용해보곤 한다.

혹, 나와 비슷하게 타지에서 누군가에게 따뜻한 보살핌을 받아본 경험이 있다면 그때를 떠올리며 허브티 한 잔 마셔도 좋을 것 같다.

おげんきですか Megumi さん? 私は元気です.
오겡끼데스까 메구미상? 와따시와 겡끼데쓰. (메구미상
잘 지내니? 난 잘 지내.)

ありがとう ございました.
아리가또 고자이마시타. (그리고 정말 고마웠어.)

세인트 존스 워트

유럽과 서아시아에 서식하는 허브과 식물. 고대 그리스와 로마 사람들 사이에서는 신비한 힘을 지닌 식물로 알려져 이름 붙은 것으로 알려져 있다. 학명 또한, 그리스어로 히페리쿰(Hypericum)으로 '악마를 쫓는다'라는 뜻을 가지고 있다.

항우울 효과가 있어 예부터 우울증 치료제로 사용되어 왔다. 불면증 치료나 스트레스 해소에 효능이 뛰어나 주로 허브차로 만들어 마신다.

민초의 난
민트초코는 죄가 없다

제법 파장이 클 만한 소신 발언을 해보자면 사실 나는 민트초코를 좋아하고, 민트초코를 좋아하는 사람을 좋아한다.

그렇다고 민트초코를 싫어하는 사람을 싫어하진 않는다. 하지만 이러한 취향을 존중하지 않는 사람이나 자기 생각을 강요하는 사람은 싫어한다.

어느샌가 호불호의 대명사가 되어버려 소재로 썼지만, 사실 중요한 메인 키워드가 민트초코는 아니다. 물론 나는 민트초코를 좋아하지만, 여기서 민트초코는 호불호가 명확히 갈리는 무엇이다. 민트초코처럼 먹는 것이 될 수도 있고 사람 혹은 물건이 될 수도 있다. 중요한 것은 취향이 극명하게 엇갈리는 대상이라는 것이다.

이와 같은 의미를 담아 첫 문단의 글을 다시 풀어 써보고자 한다. '민트초코'라는 단어에 '무엇'이라는 말을 넣어 다시 쓰면 다음과 같다.

나는 '무엇'을 좋아하고 내가 좋아하는
그 '무엇'을 좋아하는 사람을 좋아한다.

그렇다고 그 '무엇'을 싫어하는 사람을 싫어하진 않는다. 다만 그 '무엇'에 대한 취향을, 다름을 존중하지 않는 사람은 좋아하지 않는다. 다시 말해 자신의 생각을 강요하는 사람은 좋아하지 않는다고 말할 수 있다.

사람이라 어쩔 수 없이 나와 취향이 맞는 사람에게 더 호감을 느낀다. 그러나 나의 취향을 싫어하는 사람이라도 그저 선호가 다를 뿐 상대를 싫어할 이유는 없다. 다만, 내가 그 사람을 싫어하게 되는 기준은 있다. 그건 바로 내가 좋아하는 그 '무엇'에 대한 존중을 받지 못할 때다. 그러면 어느 영화의 한 대사처럼 나는 비로소 깡패가 되어버리고 만다(나도 한때는 순정이 있었다).

취향은 다름의 문제일 뿐, 옳고 그름의 문제가 아니다. 여기서 전제는 다른 건 틀린 게 아니라는 것이다. 이와 비롯된 또 한 가지, '다르다'와 '틀리다'를 구분해서 쓸 줄 아는 사람을 좋아한다. 분명히 '다르다'라고 말해야 하는 부분에서 '틀리다'라고 말하는 경우를 종종 본다. 생각보다 이 두 표현을 잘못 쓰는 경우가 상당히 많다.

가령 "아, 걔는 보통 사람이랑 생각이 틀려서 어울리기 쉽지 않아."라는 식의 표현이다. 생각이 달라서 어울리기 힘들 순 있겠지만, 그 생각이 '보통 사람들'과의 생각에 견주어 봤을 때 틀린 생각은 아니라는 점이다. 그에 반해 "그건 틀린 표현이다."라는 말은 성립 가능하다.

본인의 의도와는 관계없이 잘못 알고 쓰는 표현이라도 말에는 힘이 있다. 그래서 무의식적으로 하는 말도 곧, 우리의 생각에 영향을 미친다. 그래서 실제로도 다른 걸 틀린 걸로 생각할 수 있고, 이런 생각이 고착화되면 알게 모르게 큰 폭력으로 나타나기도 한다.

그 생각은 특히 다수의 의견이 소수의 의견과 대치될 때, 빈번하게 발생한다. 극명하게 의견이 갈리는 것 중에 대표적으로 종교가 있고, 정치가 있다. 종교와 정치 이야기는 어디서 함부로 말하는 게 아니라는 표현이 괜히 나온 게 아닐 정도로 이 두 가지 영역은 불가침의 영역처럼 여겨진다.

나는 정치도 종교도 특정하게 지지하거나 믿는 것이 없어서 그럴진 모르겠지만 누군가 어떤 정당을 지지하건, 어떤 종교를 믿건 그냥 '아 그렇구나'하고 생각할 뿐이다. 다만 전제는 있다. 타인에게 피해를 주지 않는 선이라는 것. 난 그저 '차'라는 매개를 가지고 국민 대통합이 되길 바랄 뿐이다.

정치, 종교와 같은 이런 문제가 예민하게 다뤄지는 것 또한 의견의 다름을 인정하지 않음에서 나오는

한잔에 우주

것이라 생각한다. 이런 화두를 꺼낼 때마다 항상 자기 의견만 옳다고 말하는 사람들이 치고받고 싸우다가 주변 분위기마저 싸하게 만드는데, 이런 과정에서 결국 누군가는 상처를 받기도 한다.

오히려 이렇게 민감한 주제일수록 공론화하여 자주 꺼내줘야 사회가 더 건강해진다고 생각하지만, 선뜻 대화의 주제로 꺼내기엔 여전히 불편한 게 사실이다. 다수의 의견이든 소수의 의견이든 존중받아야 마땅한 의견일 뿐인데 말이다.

아무튼 민트초코와 더불어 호불호 가득한 하와이안 피자처럼 지금 이 순간에도 여전히 논란의 중심에 서 있는 음식들이 많다. 하지만 중요한 건 이 친구들은 잘못이 없다는 것이다. 물론, 이 친구들을 좋아하는 사람도 잘못은 없다.

민초파 혹은 민초단이라는 말로 불리는 민트초코 러버들은 민트초코를 좋아한다고 말할 때 눈치를 보기도 한다. 취향이 극명하게 갈리기도 하고 소수자와 같은 마이너의 입장에 있기 때문이다. 그저 서로 마음이 통하는 사람이 있을 때 반길 뿐이다. 나는 이런 상황들을 마주할 때면, 다양한 취향을 가진 사람들이 떳떳하게 본인 목소리를 내는 세상이 오면 좋겠다고 생각한다.

사실 고백하자면 나도 민트가 초코와 함께 있을 때 좋은 거지, 순수하게 민트만 있는 허브 음료는 그리 즐기진 않는다. 다시 한번 말하지만, 그럼에도 불구하고 민트는 죄가 없다.

민트는 신경을 안정시켜주는 멘톨이 도파민 분비를 촉진시켜 불안, 우울감 개선과 스트레스 해소에 좋다고 한다. 이러한 부분이 심신을 편안하게 해준다고 하니, 민트를 좋아하다 보면 신경질적인 성격이 부드럽게 변할 수도 있지 않을까.

복잡한 세상, 싸우지들 말고 '아, 그럴 수도 있지~'하는 마음으로 넉넉하게 살아갈 수 있길.
그러니 우리 모두 민트 차 한잔 마시고 릴렉스~ 캄다운~ 해보십시다.

민트로 가장 유명한 음료, 모로칸 민트.

모로칸 민트는 모로코를 비롯한 마그레브 지역(알제리, 튀니지, 서사하라)에서 마시는 전통 차로 모로코식의 민트 음료이다. 모로코의 명산물인 민트에 녹차, 그리고 설탕을 섞어 만든다.

민트는 주로 스피아민트 중 '나나'라는 재배 품종을 사용하며, 녹차는 둥글게 말린 건파우더Gunpowder, 주차(珠茶) 형태를 일반적으로 사용한다. 여기에 설탕을 가득 넣어 달콤하게 만드는 것이 특징이다.

모로코가 위치한 마그레브 지역은 아랍어로 '해가 지는 곳'이라는 뜻으로 사하라 사막이 위치한 아프리카 서북부를 지칭한다. 물이 부족하고 사막 지역의 더운 기후가 특징이기에, 설탕은 당분을 통해 기력을 보충해주는 용도로 사용된다고 한다. 또한 민트의 매운맛과 녹차의 떫은맛을 중화하여 맛을 부드럽게 잡아주기도 한다. 사막의 햇볕이 이글거리는 곳에서 청량하고 달콤한 모로칸 민트 한잔을 마시면 사막의 더위와 갈증을 잊게 한다. 전통적으로는 주로 뜨겁게 마시지만, 더운 여름날 얼음을 가득 넣어 시원하게 마셔보길 추천하는 메뉴이다.

이 차의 또 하나의 특징으로는, 모로코 사람들은 차에 거품이 있는 것을 좋아해 차를 따를 때 찻주전자와 찻잔의 낙차를 크게 하여(약 50cm가량 이상), 차에 거품이 일어나도록 하는 문화가 있다. 큰 낙차를 통해 찻잔에 추가적으로 담겨있는 민트의 방향 성분을 깨우는 역할을 하는 것으로 보인다.

현지에서는 모로칸 민트를 '아타이'라는 이름으로 부른다.

작은 것들의 신

언론학 계열을 전공해 카메라와 펜이 가진 힘을 잘 알고 있다. 이 힘이 항상 바른 곳에 사용되지만은 않는다는 사실도 함께. 이는 누군가를 아프게 할 수도, 크게 다치게 할 수도 있다. 그만큼 예민하고 다루기 힘든 것이 펜과 카메라라고 생각한다.

학과 외적으로 대학교에서 홍보대사 영상팀으로 일한 적이 있는데, 영상팀이다 보니 주로 학교 행사가 있을 때면 내외 귀빈이라 불리는 높은 자들의 인터뷰 영상 등을 촬영, 편집했다. 재밌었던 건 카메라가 돌아가기 전에는 지나치게 무게를 잡던 사람도 카메라에 빨간불이 들어오면 인상이 달라진다는 점이었다. 그러나 다시 카메라에 불이 꺼지는 순간 한낱 쇼에 불과했음을 깨달은 적이 정말 많았다.

그때 '카메라의 힘은 대단하구나. 엄청난 힘을 내포하고 있지만, 여기에 비롯된 힘은 많은 사실을 숨기게 하는구나. 때론, 거짓을 진실인 것처럼 포장하는 도구가 될 수도 있겠구나.'하는 생각이 들었다. 물론 그들은 카메라를 든 우리가 두려운 게 아니라 고작 몇 인치의 앵글을 통해 퍼져나갈 자신들의 모습이 두려운 것임을 잘 알고 있었을 테다. 그래서 본인들의 언행을 최대한 잘 보이려 조심하는 모습이 오히려 대부분 경직되고 부자연스럽게 카메라 앵글을 통해 나타났다. 그때부터였을까. 카메라나 타인의 시선으로부터 자연스러운 사람이 멋진 사람이라고 생각하게 되었다. 물론 나조차 그것으로부터 자유롭지 못한 사람이기에 그런 마음이 든 것도 있을 것이다.

카메라는 영상 편집이라는 기술을 활용하면 몇 배는

더 큰 힘을 발휘할 수 있는데, 같은 내용의 영상이라도 완전히 다른 내용으로 만들어낼 수 있다. '악마의 편집'이라는 말이 괜히 나온 게 아닐 정도로 멀쩡한 사람을 나쁜 사람으로 보이게 할 수 있다. 그런데 악마의 편집이라는 말이 존재하는 건 반대로 생각해보면 정작 악마를 천사처럼 포장할 수도 있다는 것이다. 영상 편집을 처음 배울 때 가장 큰 충격을 받은 부분이기도 했다. 이는 사람 한 명을 스타로 만들 수도, 죽게 만들 수도 있는 무시무시한 힘이니까 말이다.

  글도 크게 다르지 않았다. 논조라는 것을 통해 같은 한 사건을 전혀 다르게 읽히도록 글을 쓴다. 쉽게 말해 같은 상황도 전혀 다른 의미로 쓸 수 있다는 것이다. 마치 컵에 절반쯤 차 있는 물을 바라보며 낙관론자와 비관론자가 바라보는 생각이 다른 것처럼, 한 편에서는 그걸 보고 '컵의 물, 여전히 절반이나 남아 희망적'이라고 글을 쓸 것이고, 반대편에서는 '컵에 든 물, 이제 절반밖에 남지 않아'와 같이 표현하는 것이다. 이렇게 글은 자신이 원하는 방향으로 프레임을 씌워 표현할 수 있고, 이걸 '네 편 내 편'으로 철저히 나눠 네 편에 불리하고 내

편에 유리하도록 쓸 수 있다는 것이다.

그래서 나는 지금도 글을 쓸 때 퇴고에 약 80퍼센트를 투자한다. 글인가 싶은 정도의 비문 덩어리를 최소 열 차례 넘게 퇴고한 뒤에야 겨우 사람들에게 읽히게끔 꺼내 놓는다. 그럼에도 불구하고 고칠 곳이 여전히 많지만 말이다. 그래서 플랫폼에 발행하는 글들도 최소 한 달 전에는 대부분 초안을 써둔 글이다. 이는 내 부족한 글을 조금이라도 고쳐, 볼 만하게 만들기 위한 것이기도 하지만, 방향에 상관없이 혹시나 '어느 한 편으로 치우친 글을 쓰진 않았을까' 하는 자기 검열의 행위이기도 하다.

이처럼 글과 영상은 편집이 가능하다는 점에서 굉장히 무서운 매체이다. 그걸 가능하게 하는 펜과 카메라는 칼과 총만큼 위험한 도구이며, 사실 그보다 더 위험하고 무서운 것은 그걸 다루는 사람이다.

일을 해보기도 전에 그런 회의감이 들어서였는지 나는 스스로 정의감 같은 게 특별히 있는 사람은 아니라고 생각하여, 밤을 새워가며 언론보도를 하는 기자나 PD 와 같은 일은 못 하겠다고 느꼈다. 물론 내가 하고 싶다 고 해서 쉽게 할 수 있는 일도 아니지만 말이다.

그래서 내 꿈은 '거창한 사회의 변화' 이런 것보다는 솔 직하게 그냥 나의 행복이고, 조금 더 나아가 내 가족 그 리고 나와 관련된 사람들이 행복했으면 하는 정도이다. 생각이 이렇게 굳어진 이유는 펜이나 카메라로 영향력 을 행사하는 것도 멋진 일이지만, 요즘은 그저 자신의 자리에서 묵묵히 본인들의 일을 해내는 사람들도 충분 히 멋지다고 느끼기 때문이다. 거창한 영향력을 행사하 는 사람도, 반면에 나를 비롯한 평범한 주변 사람들도 결국은 그저 광활한 우주 속에서는 창백한 푸른 점 위에 살아가는 먼지만 한 존재들일 뿐이니 말이다.

〈작은 것들의 신〉이라는 노래가 있다. 힙합 음악을 잘 안다거나 그리 좋아하는 것은 아니지만, 넉살이라는 래퍼의 곡은 즐겨 들었고, 그중 좋아하는 노래의 가사 를 써보려 한다.

내 자리는 하수구 냄샐 맡으며 아주 작은 모니터 앞에서
그저 화면이 꺼지지 않게 마우스를 건드는 일이지.
누군 사회라는 싸움에 마우스피스를 찾는데 말이지.

넉살, 〈작은 것들의 신〉 가사 중

 곧이어 나오는 '살기 위해 살아가는 모든 이들, 작은 배역들이 주연으로 살아가는 이곳'이라는 가사처럼, 세상은 우리처럼 작고 연약한 존재들이 하나씩 모여 구성된다. 그러니 꼭 세상이나 사회의 변화를 위해 영향을 끼치는 사람이 아니어도 괜찮지 않을까.

 이 곡을 쓴 가수가 인터뷰에서 말하길, 이 노래는 본인을 포함한 각자의 삶을 살아가는 모든 이의 노래라고 했다. 더불어 자기 자신이 아무리 작아 보여도 그 자리에서 기운차게 굳건히 신처럼 살아가길 바란다는 메시지가 담겨있는 곡이라는 말을 듣고는 잘 해석하고 들었구나 싶었다. 많은 이들에게 귀감을 주는 대단한 삶을 살지 않아도, 친구 집 강아지에게 간식을 주는 정도의 귀여운 영향력을 행하며 살아가는 것도 충분할 듯싶다.

결국 사회와 맞서 싸울 준비를 하는 사람도, 모니터가 꺼지지 않게 마우스를 건드리는 일을 하는 누군가도 모두 각자의 자리를 지키며 살아간다는 점에서 같은 의미가 있기에.

이 모든 생각은 말려진 찻잎을 열심히 관찰하다가 비롯되었다. 같은 종류의 찻잎이라도 생산지와 제조 방식에 따라 잎의 형태는 둥글게 말려지기도, 잘게 부서지기도 하는 등 다양하다. 그래서 사람들이 찻잎의 모양을 어떤 형태로 떠올릴지 알 수 없다. 본인이 본 찻잎이나 좋아하는 차에 따라 각자 다르겠지만, 내가 생각하는 일반적인 찻잎의 모양이란 가늘고 길게 말려진 모양이다.

그 중 '신양모첨'이라는 차가 있는데, 중국 10대 명차 중 하나로 불리는 녹차이다. 이름에서부터 그 외형을 알 수 있도록 '모첨(毛尖), 솜털이 있고 뾰족한'이라고 지어졌다. 이름처럼 건엽(乾葉:마른 잎)의 모양이 올곧게 뻗어 있는 게 특징인데, 올곧다는 단어가 참 좋게 다가왔다.

처음 이 차를 접했을 때, 이 '올곧다'라는 의미에 꽂혀 한참을 바라봤다. 그리고 앞에서 말한 모든 생각이 유기적으로 터져 나왔다.

차를 공부했던 연구원에서는 이 건엽을 기억할 때 길고 쭉 뻗은 외형을 보고 연예인을 떠올리라 했으나, 그 표현은 나에겐 전혀 와닿지 않았다. 오히려 올곧다는 표현과 올곧은 찻잎의 모양에서 하루를 치열하게 살아가는 주변 사람들의 모습이 보였다. 나를 포함한 보통의 주변 사람들은 펜이나 카메라로 크게 영향력을 행사하는 사람도, 혹은 그 대상이 되는 정치인이나 연예인도 아니다. 위에서 말했듯 그저 하루를 열심히 살아가는 미생들일 뿐이지만, 그 모습이 올곧다는 단어와 참 잘 어울린다고 생각했다.

그렇게 수년간 발전해 온 내 꿈은 '작은 것들의 신'이다. 평범한 그 모습이 참 멋져 보여서, 나 또한 내 자리를 지키며 나와 내 주변에 있는 작고도 연약한 사람들의 소중한 행복을 지키기 위해 살아가도록 노력해봐야지. 올곧은 마음으로 각자의 자리를 묵묵히 지켜내시는 분들을 항상 존경하는 마음을 가지고.

중국 10대 명차

 중국 10대 명차는 생산 시작 시기와 품종, 생산량 등의 기준
점으로 하여 정한다.

 주로 순위에 드는 명차로는 신양모첨(信陽毛尖)을 포함하여,
서호용정(西湖龍井), 벽라춘(碧螺春), 군산은침(君山銀針), 육
안과편(六安瓜片), 황산모봉(黃山毛峰), 태평후괴(太平猴魁),
안계철관음(安溪鐵觀音), 기문홍차(祁門紅茶) 등 9개 명차가
속하며, 마지막 종류로는 보이차와 무이암차 등의 차가 거론
되어 포함되기도 한다. 10대 명차에 속하는 순서는 뒤바뀌기도
하며, 항상 통용되지는 않으니 참고용으로 보면 좋을 듯하다.

*신양모첨의 '모첨'은 솜털이 있고 뾰족한 찻잎의 외형을 나타
내며, '신양'은 이 차가 생산되는 지역 이름을 나타낸다.

오히려 힙해

"음? 아니야, 오히려 힙해."

오랜만에 만난 지인과의 술자리에서 가장 기억에 남는 말이었다. 그 말을 얼마나 곱씹었으면, 오랜 시간이 지난 지금까지도 생생하게 뇌리에 박혀 있다. 나한테 칭찬을 해준 것도 아니고, 차가 힙하다고 했을 뿐인데 왜 이리 기분이 좋은 건지. 괜히 내가 힙해진 느낌이다.

차가 힙해 = 차를 (좋아)하는 당신도 힙해…

이건 뭐 거의 듣고 싶은 대로 듣는 수준이긴 하지만, 그와 비슷하게 들었을 때 기분 좋은 말로는 "티소믈리에 뭔가 멋지다."라는 말, 그리고 "커피는 흔해 보이는데 이건 좀 흔하지 않아서 좋아 보여."이다. 이 말은 특히나 커피 시장을 대학생 때부터 라이벌로 생각해 오던 나에게 크나큰 칭찬이 아닐 수가 없다.

이 말도 처음 들었던 힙하다는 말과 비슷하게 내 뇌에서 제멋대로 해석된다.

티소믈리에 뭔가 멋있는 것 같아 = 당신 뭔가 멋있는 것 같아…

이런 나를 보고 사람들은 '자존감이 참 높구나'라고 생각할 수 있지만 실상은 정반대다. 얼마나 소심하면 저런 걸 하나하나 기억하고, 어린아이처럼 혼자서 마음에 담아두고 하나씩 꺼내어 생각하다가 바보처럼 실실 웃고 있는 건지. 나한테 한 칭찬도 아닌 차와 티소믈리에라는 어떤 대상에 대한 칭찬인데, 한편으로 이렇게나 칭찬에 신경을 쓴다는 건 그 반대의 경우도 그만큼 신경 쓴다는 말이다.

누군가 "차 팔아서 부자 되겠어?"라는 크게 악의 없는
말에도, '부자… 물론 되면 좋지만, 굳이 부자까지 될 필
요 없는데?'라는 말을 머릿속에서 되뇌다 '차 팔아서 부
자 될 수도 있지!' 씨익씨익 거리며 급발진을 한다. 물
론 속으로 생각하는 내적 급발진이다. 앞에서는 차마
입 밖으로 꺼내지 못하면서 혼자서 내적 전투를 벌이는
방구석 여포 같은 타입이다.

차에 대한 칭찬도 좋지만 언젠가부터 '차와 잘 어울린
다. 그리고 차와 닮아있다'라는 말도 좋아지기 시작했
다. 내가 좋아하는 무언가와 닮았다는 말은 참 좋다.

언젠가는 녹차와 청차를 좋아한다는 말에 녹차랑 청
차처럼 생겼다는 말을 들었다. 녹차와 청차를 좋아하게
생긴 것도 아니고, 청차처럼 생긴 건 대체 어떻게 생긴
건가 생각해봤는데 나중에 물어보니 살짝 핏기 없이 허
연 느낌이라고 했다. 이건 칭찬인가 싶긴 했는데 칭찬
으로 한 말이라고 한다. 그러면서 덧붙이는 말이 본인

은 까만 걸 별로 좋아하지 않는다고(성격이 무던하고 그냥 좋은 느낌이라고 말했다. 피부색과 더불어).

팬스레 덧붙이는 이 말 때문에 혼자서 별생각을 다 한다. "마치 손잡아도 돼요?"라는 질문을 "손자 봐도 돼요?"라고 여러 의미로 확대해석하여 듣는 격이랄까. 여기서 또 기적의 5단 논리가 형성된다.

청차처럼 생겼다 → 허연 느낌이다 → 본인은 까만 걸 좋아하지 않는다 → 나처럼 하얀 걸 좋아한다(?) → 나를 좋아한다??? 뭐지, 이거 결혼하자는 건가? 잠시나마 그렇게 먼 미래를 그려본다.

듣기 좋으라고 한 말일 수도 있고, 막상 뱉어놓고 봤는데 마땅히 수습할 말이 없어서 한 말일 수도 있다. 아무렴 어떤가. 말 그대로 일단 듣기 좋으면 그만이지. 어쨌거나 이런 류의 말은 나를 춤추게 한다. 두고두고 기분 좋은 말이 아닐 수 없다.

그러나 실제로 차가 힙하다고 말해주는 사람이 그렇

게 많지는 않다. 물론 전에 비해 인식이 조금씩 바뀌어가고 있지만, 여전히 많은 사람이 그렇게 생각하고 있진 않다. 보통, 어렵고 올드한 무엇으로 귀결된다. 차를 취미로 마신다고 하면 정식 한복까진 아니더라도 적어도 개량 한복 정도는 갖춰 입고, 도자기에 격식을 갖춰 차를 우려 마시는 이미지를 상상한다는 것. 실제로 아주 틀린 말은 아니다. 일본의 다도와 마찬가지로, 중국의 다예, 우리나라의 다례라는 문화가 차의 인식을 만들었으므로. 옛것의 좋은 측면도 많지만, 그로 인해 차 문화의 진입장벽이 높아진 것은 분명해 보인다.

옛것의 좋은 점은 그대로 가지고 가되, 심할 정도로 격식을 차리는 것보다는 본인의 취향에 기반하여 어렵지 않게 시작해보길 바라는 바다. 차를 처음 취미로 시작해보는 사람들이 차 또한 커피와 비슷한 기호식품 중 하나라는 걸 먼저 생각한다면 더 쉽게 느껴지지 않을까?

반드시 도자기로 만든 차 도구가 없다고 하더라도, 그저 머그컵에 티백 푹 담가 마셔보기를 바라는 것이다. 진입장벽이 낮고, 시작이 쉬울수록 그 취미에 대해 탐

닉해 볼 수 있는 기회가 많아진다고 생각하기 때문이다. 가볍게 접근해서 흥미를 가지게 되면 결국 스스로 전통적인 차 문화 같은 보다 깊이 있는 문화도 찾아서 경험해보지 않을까. 그렇게 직접 경험하고 나면 차를 마시는 일이 결코 올드하거나 어렵다고 느끼지 않고, 오히려 힙하고 인스타그래머블하다고 외칠 사람들이 많아질 것이라 생각한다.

그래서 내가 여전히 차를 즐기는 방법은 티백 포장 종이를 부욱 찢어 머그컵에 넣는 것이다. 그리곤 정수기에 가져가 뜨거운 물을 붓는다. 약 3분을 기다린 후 티백을 빼내어 차를 홀짝인다. 이게 내가 평소에 차를 즐기는 과정이다.

차는 결코 어렵지 않다. 따뜻한 물과 머그컵 하나만 있다면 충분히 차를 즐길 수 있다. 잎차를 즐기고 싶은데 다구가 없어서 차를 즐기지 못한다면, 저렴한 티 스트레이너를 하나 구입하거나 잎차를 티백처럼 만들 수 있는 다시백을 구입하는 것도 좋은 방법이다.

물론 좋은 다구를 사용한다면 차의 맛과 향을 즐기기에 더 좋은 건 사실이다. 그러나 이 단계는 차를 쉽게 접하고 나서 진행해도 전혀 늦지 않다. 차를 마시고, 즐기는 방법에 정답이란 없다. 오히려 이러한 진입장벽 때문에 차를 어렵게 생각하고 시작하지도 못하는 게 나로서는 마음 아픈 일이다.

기본적인 다구가 있는 나조차도 지금은 습관적으로 그저 머그컵에 티백을 넣어 차를 즐기곤 한다. 내가 만들어 볼 차를 일반 소비자들이 즐기는 형태로 테이스팅 하려다 보니 그렇게 마시는 게 습관이 된 이유도 있지만, 간편해서 마시는 이유도 크다. 그래서 여전히 홀로 차를 마실 때 즐기는 방식이다. 손님에게 대접할 때나 오랜만에 갖춰서 마셔야겠다는 생각이 들지 않는 한 단순하고 간편하게 마시는 게 좋다. 그렇다 보니 보통 차를 즐기는 사람들과 다른 점이라고 한다면, 차를 마셔온 기간에 비해 많은 기물을 가지고 있지 않다는 점이다.

내가 수많은 기물을 가지고 있는 것보다 많은 사람이 간편하게 머그컵에라도 티백 하나 담가 차를 즐기게 되는 것을 상상하는 게 더 짜릿하다. 그래서 여전히 간편함을 추구한다. 언젠가 사람들 입에서 "커피 한잔하자."라는 말보다 "차 한잔하자."라는 말이 더 자연스러운 세상이 온다면, 그중 내 지분이 작게나마 있다면 더할 나위 없이 행복할 것이다. 어쨌거나 '차가 오히려 힙해'가 아닌 '차는 원래, 이미 힙했어'라는 말이 나올 때까지 사람들에게 차를 대접해줘야지.

앞서 말한 기적의 논리처럼, 차를 하는 나와 같은 사람뿐만 아니라 차를 마시는 여러분도 힙한 사람이 되는 것이다. 차를 하루라도 일찍 좋아할수록 얼리어답터 혹은 패션의 선두주자와 같은 느낌으로 힙의 문턱에서 첫걸음을 함께하는 것이다.

그러니 저와 함께 차의 세계로 들어와 느슨해진 우리나라 차 시장에 긴장감을 불러일으켜 보시죠.

힙한 사람이 될 준비 되셨는지요? 그렇다면 환영합니다. 웰컴 투 물고문.

---

* 본문에서 말한 청차는 우려진 수색이 맑은 연둣빛을 띠는 청향계 청차, 그중에서도 청향계 철관음을 말한 것이다.

차가 가장 부흥했던 시기, 그리고 차례(茶禮)의 어원

　고려시대 우리의 국교는 불교였다. 차와 불교는 관련이 깊은 만큼 우리 역사에서 차문화가 가장 성행했던 시기이기도 했다. 그러나 조선이 건국되며 차문화는 급격히 쇠퇴하기 시작한다. 국교가 불교에서 유교로 바뀌며 숭유억불 정책이 들어섰기 때문이다. 숭유억불(崇儒抑佛) 정책이란 말 그대로 유교를 숭배하고 불교를 억압하는 정책이었다.

　불교를 억압하며 불교와 깊은 관련이 있는 차문화마저 억압하기 위해 정부는 차 농가에 엄청난 세금을 부과하는 정책을 펼친다. 그 정책으로 차 농가가 대부분 사라지게 되고, 차는 일상다반사라 불리던 생필품에서 졸지에 사치품이 돼버리고 만다. 그나마 승려들이 도망 다니며 곳곳에 차나무를 심고 다닌 게 우리나라 차의 역사가 이어진 것이라고 볼 수 있을 정도이다.

　우리나라는 명절이면 차례를 지내는데, 여기서 '차례(茶禮)'의 어원이 차(茶)에서 왔다. 의미는 '차를 가지고 조상께 예를 올리는 것'이다. 고려시대까지만 해도 차례상에는 차를 올리는 것이 당연한 일이었으나, 조선시대에 와서 차의 수급이 어려워

지자 그 자리를 서서히 곡물을 빚어 만든 술과 맑은 물을 올리는 것으로 대신하기 시작했다. 일부 사대부들만 제사상에 차를 올렸다고 한다.

요즘에도 제사상에 흔히 올리는 술이 백화수복과 같은 청주(곡식으로 만드는 전통주)를 올리는데, 같은 맥락으로 지금까지 이어져 내려온 것이다. 평상시에 차를 대신하기 위해 보리, 메밀, 둥글레, 옥수수염과 같은 곡물을 우려 마시게 된 것도 같은 맥락이다. 우리가 차를 떠올릴 때면 녹차나 홍차보다도 보리차나 옥수수염차와 같은 대용차가 더 친숙하게 다가오는 이유도 그 때문이라고 볼 수 있다.

도를 아십니까? [진도, 유도, 다도]

I don't drink coffee, I take tea my dear.
And you can hear it in my accent when I talk.
I'm an Englishman in New York.
전 커피를 마시지 않아요, 대신 차를 마신답니다.
제가 말할 때 억양을 들으면 알 수 있죠.
전 뉴욕에 사는 영국인입니다.

Sting, 〈Englishman in New York〉 가사 중

(진)도를 아십니까

내 고향은 위도 34.3764337, 경도 126.1877358 서해 최남단에 위치해 있는 진도이다. 조금 더 쉽게 풀어 설명해보자면, 서울역을 기준으로 육지로 갈 수 있는 곳 중 가장 먼 3곳인 완도항(461.3km), 해남땅끝항(453.9km), 진도항(443.2km) 중 한 곳이다.

서울에서 고향 집을 가려면 과장 하나 보태지 않고, 웬만한 외국에 다녀오는 것보다 시간이 더 많이 걸린다.

차를 열심히 사 마시느라 서른이 넘은 지금도 차가 없는 나는 진도에 갈 때면 보통 두 가지 루트를 활용한다.

첫 번째 루트는 집(서울 금천구 기준) → 고속버스터미널(버스 환승 지하철 및 도보 1시간) → 진도터미널(4시간 40분) → 집(마을버스 40분) 도합 6시간 20분.

두 번째 루트는 집(서울 금천구 기준) → 용산역 KTX(버스 환승 지하철 및 도보 50분) → 목포역(고속 열차 3시간) → 목포터미널(시내버스 30분) → 진도터미널(시외버스 1시간) → 집(마을버스 40분) 도합 6시간.

여러분은 어떤 코스를 선택하겠는가. 쓰다 보니 또 현기증이 난다. 가는 길을 생각만 해도 현기증이 나게 하는 것도 참 대단한 일이다. 이 두 가지 루트를 보면 대충 감이 오겠지만 진도 터미널에 도착했다고 해서 도착한 게 아니다. 진도읍 터미널에 도착해서도 집까지 가려면 약 40분 동안 버스를 타야 하는데 문제는 버스 배차 시간이다. 시골이라 사람이 없다보니 배차 시간이 기본 1시간에서 길게는 2시간이다. 진도 터미널에 도착했더라도 집으로 가는 마을버스를 눈앞에서 놓치거나 시간

한잔에 우주

대가 맞지 않으면 최소 1시간이 자동으로 추가된다. 거기에 하루에 운행하는 버스는 총 6대, 심지어 오후 7시가 막차다. 그 말인즉 오후 7시가 넘어서 진도읍 터미널에 도착하면 집까지 갈 수가 없다는 것이다. 물론 택시를 타면 되지만, 택시로는 30분이 채 되지 않는 거리를 가는 데 약 25,000원의 요금이 붙는다. 어쩌면 시간뿐만 아니라 금액도 해외에 가는 게 더 경제적일 수 있다.

평상시라면 그나마 양반이다. 서울 고속버스터미널에서 진도터미널까지의 운행 시간은 고속버스 어플리케이션 기준으로 4시간 40분이지만, 차가 심하게 막히는 명절 기간에는 최대 8시간까지 꼼짝도 못 하고 그 시간을 버텨야 한다. 8시간 동안 버스에 앉아있다 보면 엉덩이가 딱딱한 납작 복숭아처럼 변하는 경험을 할 수 있다.

21세기 대한민국에 아직도 이런 곳이 있냐고 하겠지만, 실은 나도 여전히 믿기지 않는다. 그러니 부디 한 번 놀러 오시길 바란다. 자가용 없이 대중교통으로.

이런 이유들로 인해 나는 사실 고향을 좋아한다고 말

하기는 어렵다. 차가 없으면 거의 고립되다시피 하는 불편한 교통이 가장 큰 불만으로 자리 잡았다. 어릴 적부터 서울에 살던 또래 친척들이 휴가 때 내려와 서울 이야기를 해주면 그게 또 얼마나 부러웠는지. 나에게 서울은 동경의 도시였고, 그에 반해 진도는 벗어나고 싶은 작은 우물과 같은 곳이었다.

그곳에서 나는 성인이 될 때까지 쭉 자라왔다. 그럼에도 굳이 말하지 않으면 이렇게나 시골 촌뜨기인 걸 아는 사람은 많지 않다. 오히려, 내 출신과 정반대로 도시의 부잣집 도련님 같아 보인다는 말을 들어보기도 했다. 그러나 개인적으로 좋아하는 말은 아니다. 그도 그럴 것이 우리 집이 부잣집은 전혀 아니었고, 내 20대 시절 또한 귀한 도련님보다는 돌쇠에 가까운 삶이었기 때문이다. 그리고 그 삶은 여전히 진행 중이다. 대학을 졸업하기도 전에 해봤던 아르바이트 종류만 스물다섯 가지라고 하면 대략이나마 이해가 갈지 모르겠다.

내 안에 깊게 내재된 촌티를 숨기고자 지금까지도 노력하고 있는 것 중 하나가 바로 사투리 교정이다. 표준어를 쓰려 어쭙잖게 노력한 세월에 보답이라도 받는 듯, 간혹 살짝 묻어나는 사투리를 듣고도 눈치채지 못하는 사람들이 은근히 많다. 그럴 땐 내적 쾌재를 부르기도 한다. 하지만 완전히 장착되지 않은 어설픈 표준어는 금방 탄로 나게 돼 있다. 보통은 말하다가 흥분하는 경우가 거의 없으니 튀어나오려는 사투리를 꾸역꾸역 집어넣으려고 신경을 쓰다 보면 어느 정도 커버가 된다. 그러나, 말하는 대상과 가까워지면 말이 급격히 많아지고 대화 중에 신이 나 흥분을 하게 되면 참았던 사투리가 여기저기 튀어나온다. 고향 친구를 만난 것만큼 반갑다는 의미겠지. 그런 의미에서 나와 대화 중 내 사투리를 알아채는 순간이 온다면 당신은 나와 그만큼 가까워졌다고 봐도 무방하다.

사투리를 숨길 수 있는 가장 효과적인 방법은 그냥 말을 안 하는 것인데, 말을 아예 안 하고 살 순 없으니 평생 숙제인 셈이다. 그러니 앞으로도 꾸준히 노력해 볼 생각이다.

나의 시골 DNA를 나타내는 다른 또 한 가지는 나는

에어컨 바람보다는 시골의 청량한 여름밤 공기를 좋아한다는 것이다. 여름에 쉽게 떠올리는 습하고 더운 열대야 같은 공기가 아닌, 습기라고는 하나도 없어 에어컨 바람보다 더 상쾌하고 청량한 시골의 여름밤 공기.

산책을 그다지 좋아하지 않는 사람도 나가서 걷고 싶게 하는 시골의 여름밤이 주는 묘한 기운이 있다. 답답한 도시 배경을 벗어나고 싶을 때 사람들은 탁 트인 바다를 찾는 경우가 많은 듯한데, 나는 바다보다는 반딧불 소리가 들려오는 시골 밤하늘이 그리워지곤 한다. 그 맑고 시원한 공기를 마시며 시선을 하늘 위로 향하면, 수많은 별이 쏟아질 듯 반짝거리는 장면은 덤이었다. 그래서 어릴 땐 별자리도 많이 알았고, 천문학에도 관심이 많았었나 보다. 운이 좋으면 별똥별도 볼 수 있었는데, 역시나 별똥별이 소원을 이루어주진 않았다.

서울에 처음 발을 디뎠을 때를 잊지 못한다. 화려해 보이는 사람들을 보고 위축됐고, 빽빽하게 가득 찬 높은 건물들에 압도되어 한 번 더 기가 죽었다. 시골에서 상경한 내가 가뜩이나 더 초라해 보이는 순간이었다. 그런데도 좋았다. 한편으로는 설레기도 했다. 아메리칸 드림과 같은 것이었을까. 동경과 두려움의 감정이 함께 일었고, 한번 도전해보고 싶은 승부욕이 생겨났다.

꽤 적지 않은 시간을 서울 한복판에서 회사 생활을 하면서 하늘 보는 법을 잊어갔다. 하늘을 보더라도 예전에 바라보던 별 박힌 밤하늘이 아니었다. 별 헤는 밤이 아닌 밤거리에 반짝이는 네온사인과 밤늦게까지 꺼지지 않는 고층 건물 속 불빛이 그를 대신했다. 그 속에서 동화되어 잘 살아가고 있다고 생각하면서도, 어쩌면 낭만과 멀어진 채 도시 생활에 적응하는 것 같아 때로는 조금 슬프기도 했다. 더 슬프게 느꼈던 건, 오랜 기간 일하고 생활하며 서울 사람들이 가진 특유의 부티를 따라해보려 했지만 흉내 낼 수 없는 그 무언가가 있다는 걸 인지했을 때였다. 같은 시골에서조차 본인의 취향도 잘 모르고 살아오던 아이가 서울로 간다고 대단한 일이 일어나지는 않으니까. 오히려 더 커 보이는 격차에 놀란 가슴을 진정시키기 바쁠 뿐이었다. 같은 국적의 사람들과 한 공간에 있었지만, 나는 여전히 그들과 달랐고 철저한 이방인처럼 느껴졌다. 그리고 이 모든 걸 서른이 넘어서야 겨우 받아들일 수 있었다.

그곳에 어울리는 사람이 되고 싶었다. 그리고 나에게 어울리는 것들과 취향을 알아보려 애썼다. 그러나 커피 맛도 잘 모르던 애가 이제는 위스키 좋아한다며 으스대는 꼴이 마치 아빠 양복을 입은 아이 같다고 느껴질 때가 여전히 존재한다. 어쩌면 취향이라는 것과 밀접한 '차'라는 아이템을 선택한 것도 결핍에서 비롯됐을 것이다. 결핍과 관련된 마음속 기저의 한 곳에서 나름 그럴싸해 보이고 싶다며 꿈틀거리는 촌놈의 자아 때문이 아니었을까.

힘든 나날에 지쳐 멀어져만 가는 낭만을 두 눈 뜨고 지켜볼 때도 많지만, 그럼에도 불구하고 시골 밤하늘을 보며 수많은 별을 헤던 그 시절 나의 우주를 잊지 않으려, 마음속 깊이 밤하늘의 별을 새겨본다.

(유)도를 아십니까?

내게 좋아하는 운동을 물으면 꼭 빠지지 않는 것이 있

다. 유도와 축구가 그렇다. 성격이 워낙 다른 종목이다 보니 이 두 종목의 우열을 가르기는 조금 힘들지만, 특히 유도에 대한 애정이 남달랐다고 할 수 있다. 그러나 슬프게도 유도는 짝사랑과 비슷했다. 정말 좋아하고 열심히 하던 때도 있었지만 현실과 이상의 괴리가 존재하는, 일방적인 애정 공세와도 같은 느낌. 이렇게 표현해본다면 대략적으로나마 이해할 수 있을 것이다.

있어보이는 말로, 구력으로 친다면 축구는 약 초등학교 1학년 때(방년 8세)부터 시작했으니 어느덧 20년이 훌쩍 넘었고, 유도는 대학교 복학 후 약 24살부터 시작했으니 그리 빠르게 시작한 편은 아니다. 그럼에도 유도에 대한 애정은 남달랐다. 뭔가 굉장히 신비한 기운에 이끌려 유도동아리에 가입하게 됐고, 그 매력에 깊이 빠져 결국 동아리 부회장까지 하고 전국대회도 몇 번 나가기도 했다. 부회장이라는 타이틀과 전국대회 출전 자체(수상도 아닌)가 실력을 가늠할 수 있는 어떠한 지표라고 보긴 어렵지만, 그래도 유도에 대한 나의 열정을 표현할만한 것쯤은 된다고 할 수 있다. 더 나아가 어리석음을 열정의 지표로 삼을 수 있다면 당시 유도를 향한 내 열정은 최고조였다. 복잡한 스토리가 있지만 한 마디로 정리하면 다리가 골절된 상태에서도 나는 유도 대회를 준비했다. 물론 당연히 골절상태인지는 몰랐지만 말이다. 어쨌건 간에 결과적으로는 제 몸 하나 제대로 챙기지도 못하는 상태에서도 대회에 나간다고 준비했으니 정말 어리석은 행동이었음에는 할 말이 없다.

 의도한 건 아니었지만, 몸을 무리하게 쓰다 보니 당연한 수순으로 다쳤던 다리는 둘째치고, 건강까지 잠시 나빠졌던 시기도 있었다. 그러나 그 이후에도 여전히 유도에 대한 애정이 식지 않은 걸 보면, 나에게 유도란 나를 표현하는 것에 있어 절대 빼놓을 수 없는 매우 특별한 운동이라 할 수 있다. 선수를 할 것도 아닌데 그게 뭐라고 그렇게 좋아서 시키지도 않는 운동을 아픈 걸 참아가면서까지 했을까? 생각해보면 '유능제강'이라는 유도의 메시지에 가장 큰 매력을 느꼈기 때문이었다.

柔能制剛(유능제강): 부드러움이 능히 강한 것을 이긴다

 물론 쉽지 않은 일이었지만, 체구가 상대적으로 작은

한잔에 우주

사람이 큰 사람을 메다꽂는다는 게 그렇게도 멋있어 보일 수가 없었다. 그 매력에 푹 빠진 그 당시의 나는 마음만은 이미 태릉선수촌에 있는 국가대표 선수였다. 그래서 유도를 시작한 지도 얼마 되지 않았지만 기존 회장과 부회장의 열화와 같은 성원에 힘입어 차기 부회장 자리를 꿰차며, 어느새 나보다 체급이 두세 단계가 높은 신입 회원들을 잡아줄 수 있는 짬이 되기도 했다.

유도라는 운동을 손에서 놓은 지 꽤 오랜 시간이 지난 지금도 기회만 된다면 언제든 다시 유도관을 다니고 싶은 생각을 마음 한편에 가지고 있다. 배울수록 어렵고 매력 있는 운동이라는 이유 때문이기도 하지만, 이토록 유도를 좋아하는 이유가 하나 더 있다. 과장을 조금 더 보태면 유도를 통해 삶을 살아가는 데 있어 중요한 가치를 배울 수 있었다고 생각하기 때문이다. 그래서 유도와 같이 '도'가 들어가는 운동은 '운동을 한다'라고 표현하기보다 '수련한다'라고 표현하는 것 아닐까. 그렇게 생각해볼 만큼 유도를 통해 느끼는 게 참 많았다.

가장 먼저 배우는 유도 기술은 낙법이다. 떨어지는 법,

넘어지는 법을 배우는 것이다. 상대로부터 메쳐졌을 때 내 몸의 충격을 최소화하고 다치지 않기 위함인데, 이 낙법은 일상생활에서도 꽤 유용하게 쓰였다. 사회생활을 하다 보니 숱한 거절과 예상치 못한 충격을 받을 때가 많았는데, 그렇게 아픈 환경 속에서 내가 해야 했던 것은 나를 보호하고 최대한 아프지 않기 위해 낙법을 치는 것이었다. 충격에 적응하기 위해 몸에 낙법이 자연스럽게 밸 수 있게끔 거절에 적응하는 법을 배웠다.

그와 더불어 대회에서 한 번의 업어치기를 위해 수만 번을 메치고 또 메쳐지는데, 그 과정을 겪다 보면 결국 한 번의 멋진 업어치기 한판승을 위해서 보이지 않는 수만 번의 낙법과 메치기 연습이 필요하다는 걸 깨달았다. 부르는 이름에 조금씩 차이는 있지만 기술을 익히는 동작을 '익히기' 또는 '부딪치기'라고 하는데, 눈 감고도 할 수 있을 만큼 하나의 기술을 위해 몸을 부딪치며 익혔을 때, 비로소 내가 이길 수 있는 타이밍을 체득할 수 있었다.

또한 모든 운동도, 일도 마찬가지겠지만 상대를 이기기 위해서 기본이 되는 것은 체력 관리였다. 수만 번을 연습한 기술도 상대에 따라 걸리지 않아 승부가 장기전으로 이어질 때면 결국 더 체력이 남은 사람이 주도권을 잡게 된다. 웹툰 기반의 드라마인 〈미생〉에 "체력이 담보되지 않는 정신력은 구호에 불과하다."라는 대사가 위의 내용을 가장 잘 표현한 문장이라 생각한다.

내 체력이 우위에 설 때는 상대의 호흡을 읽을 수 있었다. 그 호흡을 잘 들여다보면 내가 기술을 걸 수 있는 타이밍, 즉 이길 수 있는 길이 보인다. 특히 나보다 체급이 높은 사람을 상대할 때 이길 수 있었던 방법은 장기전을 통해 상대의 호흡이 거칠어지기를 기다리는 일이었다. 상대가 초반에 힘을 많이 써 체력이 떨어졌을 때, 상대의 힘을 역이용하여 되치기를 할 때 이길 확률이 가장 높았다. 상대가 지쳤을 때와 지치지 않았을 때를 구분하는 것은 호흡이 가빠지는 소리뿐만이 아니다. 상대방의 도복 깃을 통해 느껴지는 엄청난 무게 차이로도 직감할 수 있다. 체력이 방전되어 힘없이 털썩 주저앉게 되는 때를 생각하면 이해가 편하다. 역시나 F=ma. 힘은 질량x가속도라고 했던가. 상대의 체력이 빠져 상대 도복 깃을 통해 전달되는 무게가 현저히 가벼워지면, 내 체력이 남아있는 경우 빠른 속도로 기술을 성공시킬 수 있다.

만화의 한 장면을 묘사해놓은 듯한 위의 한 문단이 실제로 일어났을 때, 그리고 그 한판승의 주체가 나일 때의 짜릿함이란 말로는 표현이 안 된다.

모르고 보면 거칠어 보이기만 하지만 알고 보면 부드러운 기술이 필요한 게 유도다. 그 성질과 가장 비슷하다고 생각하는 차는 우유에 홍차를 섞어 마시는 밀크티다. 향과 맛이 강한 홍차에 부드러운 우유를 넣은 것이 마치 강해 보이기만 하지만 정작 부드러움을 추구하는 유도의 '유능제강'과 닮아있다.

이 거칠고 험한 세상의 풍파 속, 나를 지켜주는 것은 부드러운 밀크티, 그리고 함께 먹을 푹신푹신한 수플레 케이크뿐인 걸까. 부드러움과 부드러움이 합해지면 어느샌가 함께 녹아내리는 자신을 발견할 수 있을 것이다. 오늘 하루도 수없이 여기저기서 메쳐졌을 우리를 위해 유도처럼 부드러운 밀크티 한 잔을 선물해보기로 하자.

한잔에 우주

영국의 애프터눈 티(Afternoon tea)와 관련된 용어

밀크티(Milk tea): 영국에서는 티라고 하면 기본적으로 우유가 함께 포함된 밀크티 형태를 말한다. 그래서 영국에서 티를 주문할 때, 밀크티가 아닌 홍차를 먹기 위해서는 미리 설탕과 우유를 빼달라고 말해야 한다. 그로 인해 영국에서 밀크티로 생겨난 유명한 논쟁거리 중 하나는 홍차에 우유를 넣느냐, 우유에 홍차를 넣느냐이다.

애프터눈 티 세트: 3단 스탠드에 각종 디저트가 진열되어 있다. 주로 1층에는 달지 않은 핑거푸드와 샌드위치, 2층에는 잼과 클로티드 크림을 곁들인 스콘, 3층에는 달콤한 케이크류 등의 디저트가 담겨있는 형태. 먹는 순서도 달지 않은 1층부터 시작해 2층, 3층 순서이다.

크림티(Cream tea): 애프터눈 티를 가볍게 즐기는 형태. 애프터눈 티가 위에 설명한 것처럼 3단 스탠드에 수많은 디저트와 함께 곁들이는 것이라면, 크림티는 홍차에 스콘을 함께 곁들이는 것을 말한다(크림이 올라간 형태의 차를 말하는 것이 아니다). 대신 스콘에 잼과 클로티드 크림을 함께 발라서 먹는데, 지

역에 따라 스콘에 잼을 먼저 바를지 혹은 클로티드 크림을 먼저 바를지에 대한 의견이 갈린다고 한다.

*홍차에 대한 애정을 나타내는 영국의 일화 중 하나는 2차 세계 대전 전투 중에 전투를 멈추고 티타임이라며, 차 마시는 시간을 가졌다는 이야기가 있다. 우스갯소리 같지만, 실제로 영국 정부에서는 전쟁 필수 보급품으로 차를 확보하기 위해 2차 세계 대전이 시작되고 전 세계의 모든 홍차를 사들였다. 그리고 전차에도 홍차를 끓이기 위한 전열 포트가 내장돼 있다고 한다.

운동 경기에서 타임아웃을 뜻하는 T모션 또한 Tea time에서 유래된 것이라는 말이 있다.

(다)도를 아십니까?

　학창 시절, 수업을 듣다가 창밖 보는 걸 좋아했다. 특히 새 학기가 막 시작되는 봄에 창밖을 바라보는 건 나에게 너무나도 큰 행복이었다. 그래서 공부는 못했을지라도, 창밖을 볼 때면 칠판에 쓰여 있는 활자와는 비교할 수 없을 만큼 신비한 영감을 받곤 했다. 여전히 가장 선명하게 떠오르는 중학생 시절의 기억은 수업 내용보다 창밖을 통해 바라보던 초록의 풍경들이니 말이다. 창밖의 무성한 녹음이 가장 잘 보이던 당시 자리 배치까지 기억나는 걸 보면, 단지 수업을 열심히 듣지 않아 기억나는 것이라고 하기엔 강렬함의 정도가 어떤 배움보다도 컸다.

　별것 아니라고 생각할 수도 있지만, 나는 푸르른 새싹들이 자라나는 걸 지켜볼 때마다 무언가가 새롭게 자라나는 신비함에 감탄하곤 했다. 그와 동시에 초록의 푸르름이 바람에 흩날리는 풍경을 보면 마음이 편안해짐을 느꼈다. 지금도 스무 가지가 넘는 식물 화분이 집의 꽤 많은 자리를 차지하고 있는 것도 이 때문일 것이다.

차를 알고부터는 말차를 보면서 학창 시절 바라보던 창밖의 그 푸르름을 떠올렸다. 말차는 간단히 말해, 녹차의 여린 잎을 증기로 찌고 말린 후 곱게 가루 낸 분말차이다. 말차의 가루만 보아도 '초록초록하다'라는 이미지가 떠오르지만 말차는 다른 차와 다르게 물과 만난 뒤에도 정말 강한 초록의 색을 띤다. 그래서 더, 봄의 새싹과 대자연이 떠오르나 싶다.

사실 이렇게 말하면서도 나조차 한동안은 학창 시절 수업에 집중하지 않고 창밖을 바라보던 그때의 기억을 그저 흔한 중2병 증상 정도로만 생각했다. 그러던 어느 날 정말 다행히도 꼭 그런 것만은 아닐 수도 있겠다는 반가운 이야기를 듣게 됐다.

한 건축가가 강연에서 루이스 칸이라는 건축가의 사례에 대해 말하고 있었다. 루이스 칸은 학교를 건축했는데 교실 한쪽에 창문을 크게 만들고 숲을 볼 수 있게 했다고 한다.

"학교를 자연과 가깝게 하여, 학생들이 수업 시간에 창

한잔에 우주

밖의 숲을 마음껏 볼 수 있는 환경으로 학교 건물을 건
축해야 한다."

이게 그의 철학이었으나, 학교 측에서는 이를 좋아할
리 없었다. 나 같은 사람이야 좋아하겠지만, 그러면 정
말 과거의 나처럼 수업에 집중하지 못하고 학습효율이
떨어지는 학생들이 생겨날 게 분명했기 때문이다. 그래
서 학교에선 "학교 건축을 이렇게 하시면 안 된다. 학생
들이 창밖에 숲을 보느라 선생님 수업에 집중을 못 한
다. 창문을 없애달라."라고 했는데, 그때 그 건축가는
이렇게 한 마디를 덧붙였다.

"세상에 자연보다 더 훌륭한 선생 있으면 데려와 봐라."

이 한마디는 단지 중2병으로 치부했던 내 학창 시절
의 감성을, 큰 영감과 창의력의 원천으로 바뀌주는 말
이었다.

공부를 잘하지도, 창의성이 뛰어나지도 않다고 생각
해왔던 지난날의 나라는 존재마저 바꾸게 해준 크나큰

울림.

　어쩌면 그 시절 나도 꽤 창의적인 학생이었는지도 모른다. 그런 의미에서 오늘은 봄을 닮은 말차 한 잔 마셔야겠다.

1. 녹차 가루와 말차의 차이.

녹차 가루는 말 그대로 녹차를 갈아 가루 형태로 만든 것을 말한다. 말차 또한 녹찻잎을 가루차의 형태 만든 것이지만, 이 두 가지는 큰 차이점이 있다.

말차를 만들 때 중요한 공정이 한 가지 있는데, 이는 차광재배(遮光栽培)이다. 차광재배는 찻잎을 수확하기 약 2~3주 전 차나무에 큰 가림막을 드리워 빛을 차단하여 재배하는 방식이다.

보통 우리가 녹찻잎을 연상할 때 색상이 연두색과 노란색의 경계인 반면, 말차는 선명한 초록색을 내는 이유가 차광재배에 있다. 빛을 차단하면 찻잎이 엽록소를 스스로 생성하여 보다 선명한 초록색을 띠게 된다. 차광재배 이후, 채엽을 할 때도 어린잎을 위주로 하게 되며 찻잎에 있는 줄기와 잎맥까지 모두 제거한 뒤 곱게 가루 내어 순수 찻잎만을 이용해 만든 것을 말차라고 한다.

반면, 녹차 가루를 만들 때 사용하는 찻잎은 보통 어린잎보다는 중작(한국 녹차 기준) 이후의 비교적 큰 찻잎을 사용한다. 말차와 다르게 줄기나 잎맥 등도 통째로 갈아 만들기 때문에 질감 또한 상대적으로 거친 느낌이 강하다. 그렇게 만들어진 녹차 가루는 설탕과 같은 당류를 함께 섞여 대용량으로 만들어 일반 카페에서 녹차라떼 등의 음료를 만들기 위한 녹차 파우더로 사용되는 경우가 많다. 이 녹차 파우더에 함유된 찻잎은 전체 함유량 중 약 15%(업체별로 상이하나 비슷한 함유량을 가진다) 내외이며, 나머지는 대부분 당류로 이루어져 있다.

녹차 가루와 말차는 생산과정부터 차의 색, 향, 미, 물에 개어 마셨을 때 입에서 느껴지는 질감, 그 차이에서 나오는 가격까지 큰 차이를 보인다. 그래서 말차를 녹차 가루라고 표현할 수는 있지만, 반대로 모든 녹차 가루를 말차라고 표현할 수는 없다.

그러므로 용어를 혼동하여 일반 카페에서 녹차 파우더를 사용하며 말차라떼를 판매한다고 하면 잘못된 표현이니 주의해야 한다.

2. 동아시아 3국(한국, 중국, 일본)의 차 문화

다례(茶禮): 한국의 차 문화. '차를 대하는 예절'을 뜻하며 배려와 예절을 갖춰 차 우리는 것을 중시한다(위에서 언급한 차례와도 같은 한자를 쓰며, 어원이 같다).

다예(茶藝): 중국의 차 문화. '차의 예술성'에 주목한다. 차를 우리는 과정이 화려하며, 차 자체에 집중하고 탐구하는 것(공부차:工夫茶)이 특징이다.

다도(茶道): 일본의 차 문화. '차를 통해 심신을 수련하며, 소박하고 차분한 정신(와비:わび)'의 부분을 강조한다.

쌍화차는 차가 아니다

초등학교 1학년부터 6학년까지 전교생을 모두 합하여도 스무 명이 채 되지 않는 학교, 〈웰컴 투 동막골〉의 이야기가 아니다. 내 어린 시절 초등학교의 풍경이다. 학생 수가 많지 않다 보니 담임선생님이 학년마다 배정되지 않았고, 1~2학년, 3~4학년, 5~6학년으로 나눠 세 명의 담임선생님이 있었다.

선생님 한 분이 두 개 학년의 담임을 맡다 보니 당연하게도 한 반에 두 학년이 함께 있었고, 수업도 번갈아 가며 진행하는 형식이었다. 굉장히 열악하다고 생각할 수 있지만 그렇지 않았다. 학습 능률 면에서는 오히려 최고의 방식이었다. 두 개 학년이 있다고 해봤자 열 명은 커녕 5~6명의 인원이기에 거의 1:1 과외 수준으로 수업이 진행되었고, 수준별로 맞춤형 수업이 가능했다. 나는 그 혜택을 잘 활용하여 무려 6년간 전교 1등을 차지할 수 있었다. 뱀의 머리라고 표현하기에도 민망한, 도마뱀의 머리 정도의 역할을 충실히 하고 있었다.

아무튼 그런 곳에서 나의 13세까지의 삶이 채워졌다. 요즘에는 찾아보기 힘들겠지만, 겨울에는 학교 교실에서 석유난로를 땠는데 그 석유난로 위에 고구마 같은 걸 구워 나눠 먹기도 했다. 건조한 겨울철엔 가습기 역할을 대신해주는 물을 가득 채운 큰 주전자도 있었다. 가장 기억에 남는 건 3학년 때 담임선생님께서 달궈지는 주전자에 유리병으로 된 쌍화차 드링크를 따뜻하게 넣어두고는 우리에게 하나씩 나눠주던 거였다.

아이들이 쌍화차를 좋아할까 싶겠지만 이 맛을 본 적 없던 아이들은 없어서 못 마시는 지경에 이르렀다. 뜨끈한 가운데 퍼지는 달짝지근한 맛도 매우 좋았지만,

추운 겨울 스멀스멀 찾아오는 감기 기운에도 아주 명약이었기 때문이다.

지금은 눈이 오면 집 밖에 나가는 것조차 꺼려지고 눈이 와도 차갑다는 생각에 맨손으로 눈을 잡아본 기억이 언제인지도 흐릿하지만, 당시에는 눈이 올 때면 추운 건 안중에도 없이 신이 난 강아지들처럼 운동장으로 뛰어나가 눈싸움을 하거나 눈사람을 만들며 한참을 놀다 들어오곤 했다.

다시 석유난로가 후끈하게 공기를 덥혀주는 교실로 들어오면 갑작스러운 온도 차로 인해 얼굴은 빨갛게 되고 콧물은 주르륵 흘렀다. 영락없는 촌놈의 형색이 완성되는 것이다. 여기까지는 일반적인 현상이다. 그보다 더 과하게 놀거나 많이 추웠다고 느껴질 때면 어김없이 감기 기운이 함께 찾아오는데 그럴 때마다 뜨끈한 쌍화차 한 병은 그 어떤 음료보다 달콤하고 맛있었다. 더욱이 이상 신호를 보내는 몸에도 직빵이었다.

3학년 전체 4명 중 전교 1등이었던 나는 담임선생님

의 총애를 받았는데, 그런 이유로 학교 수업이 끝나고도 주로 한글 문서 작업을 도맡아 했다. 학교에서 프린트하는 문서 대부분은 내 손을 통해 만들어졌을 정도였다. 지금에 와서 생각해보니, 늦은 시간까지 따로 남아그 일을 하는 게 썩 기분이 좋지 않았을 수도 있지만 그땐 싫지 않았다. 그 보상으로 나는 담임선생님의 무한한 신뢰와 더불어 쌍화차도 더 많이 받아 마실 수 있었다. 나날이 늘어가는 문서 작업 능력과 난로에서 구워지는 주전부리는 덤이었다.

학교에서 독서왕 타이틀을 거머쥔 것도 그때였는데, 담임선생님께서는 다른 교과 교육보다 독서를 가장 중요하게 여겼다. 그래서 부임 후 작은 학교에 없던 독서실을 따로 만드셨고, 매일 아침 1시간은 전교생 열댓 명이 그곳에서 본인이 원하는 책을 볼 수 있도록 했다. 또한, 독서왕 타이틀을 만들어 우리들이 책을 재밌게 많이 접할 수 있도록 유도했다. 그리고 다양한 독후감 양식을 통해 책을 읽고 반드시 기록할 수 있도록 했는데, 이걸 가지고 추후 학교 문집을 만들어 주시기도 했다(이 문집 작업에도 나의 노동력이 들어갔지만). 어쨌거나 이때 형성

된 독서와 기록의 습관은 내게 가장 큰 자산이 되었다.

하루는 컴퓨터 문서 작업을 돕다가 작업이 늦어져 조금 늦게 끝난 적이 있었는데, 선생님께서 부모님께 연락을 드리고 읍내로 데려가 만두를 잔뜩 사주셨다. 그것도 모자라 먹은 것보다 더 많은 만두를 포장해서 집에 데려다주시기까지 했다. 평소에 만두를 엄청나게 좋아하는 것도 아닌데 이상하게도 그때 그 만두 맛은 여전히 잊히지 않고, 가끔은 그 만두 맛이 그립다. 아직도 그보다 맛있는 만두를 먹어보질 못했다.

이런 일들 때문인지 초등학교와 중학교를 졸업하고도 3, 4학년 때 2년간 담임을 맡아주신 이동선 선생님이 자꾸 생각이 났다. 몇 년이 흘러 고등학교 때, 선생님께 연락을 드리고 싶어 학교 문집에 적힌 연락처를 찾았다. 초등학생 때는 익숙하기만 했던 017로 시작하는 번호였다. 번호를 누르고 나서는 전화를 받으실지, 받으면 무슨 말을 해야 할지 한참을 망설이다 초조한 마음으로 통화 버튼을 눌렀다.

시간이 너무 많이 지나버린 것일까. 휴대폰 번호는 없

는 번호라고 했다. 그때는 지금처럼 누구나 학교에 휴대폰을 가지고 다니지도 않았고, SNS 같은 걸로 모두가 연결되어 있지 않은 세상이었다. 과하다 싶은 정도로 바로 옆에 있는 듯한 기분을 느끼게 해 주는 지금의 기술이 당시엔 너무나도 간절했다.

혹시나 선생님 연락처를 찾을 방법이 없나 싶어 모교에 전화를 했다. 위에서 말한 〈웰컴 투 동막골〉과 같은 학교는 폐교된 지 오래됐고, 그전에도 이미 같은 지역의 다른 학교와 합쳐 본교과 분교의 개념으로 나누어 운영하고 있었다. 결국, 어렵게 본교에 전화하여 연락처를 알 수 있는지 물었다.

전화를 받은 담당자로부터 해당 교육청 인터넷 홈페이지에 찾아가면 스승을 찾는 메뉴가 있다는 안내를 받았다. 전화를 끊은 뒤, 부푼 마음을 가지고 교육청 홈페이지에서 선생님의 이름을 검색했다.

조회된 결과가 없습니다. 찾으시는 스승님이 개인정보 제공에 동의하지 않거나 퇴직한 경우 정보를 조회할 수

없으니 널리 양해 바랍니다.

  몇 번이고 검색했지만 위의 안내 문구만 덩그러니 나왔다.

  초등학교 이후, 중학교를 졸업하고, 고등학교 2학년이 된 5년여의 시간이 그리 길지 않다고 생각했다. 그러나 그 시간 동안에도 많은 일이 일어날 수 있었다. 그사이에 나는 할머니와 아빠를 떠나보냈으니까. 우리 아버지와 연배가 비슷했던 선생님도 그사이에 이미 퇴직을 하셨을 테고, 충분히 건강상의 문제도 있을 수 있었다.

  하지만 그렇게 생각하고 포기하기엔 너무 아쉬웠다. 그렇다고 내가 할 수 있는 건 사실상 없어 보였다. 그저 마음속에 아쉬움만 남겨둔 채로 발만 동동 구를 뿐이었다.

  그렇게 또 긴 시간이 흘렀다. 버티는 듯한 삶을 살아갈 때마다 문득, 선생님이 떠올랐다. '인사드리고 찾아뵈어야 하는데'라는 생각도 함께. 그러나 주소도, 휴대폰

한잔에 우주

번호도 모르는 선생님을 찾아뵐 방법은 없었다.

　무엇을 어디서부터 어떻게 해야 하는지도 몰랐다. 그
렇게 초등학생이었던 나는 고등학생을 넘어 성인을 훌
쩍 넘긴 나이가 됐다. 나이에 상관없이 당장 한 치 앞을
알 수 없는 게 사람 일인데, 연락할 수 있는 방법이 없
으니 이제는 나이가 지긋하실 선생님이 잘 계시는지도
알 수가 없었다. 답답했으나 내가 할 수 있는 것도 마땅
히 생각나지 않았다.

　수소문 끝에 이동선 선생님과 함께 근무하셨던 선생
님 한 분의 연락처를 어렵사리 구할 수 있었다. 자연스
레 안부를 묻고, 본론으로 들어가 이동선 선생님과 연
락하고 계시는지, 혹은 연락처는 알고 계시는지 조심스
레 물었다. 그러나 이번에도 닿지 못했다. 본인보다 연
세도 더 많으셨고, 당시에도 건강이 좋지는 않으셔서
근황을 모른다고, 본인도 걱정이 된다고 하셨다. 혹시
나 직접 주변에 연락해본 뒤 연락처나 근황을 알게 되
면 연락을 주겠다는 말씀을 덧붙이셨다.

그렇게 전화를 끊고, 일주일 정도는 좋은 소식과 함께 연락처를 전달받아 연락해볼 수도 있지 않을까 하는 기대에 부풀어 있었다. 사실상 일말의 가능성이었지만, 내 연락이 선생님께 닿을 수 있는 마지막 희망이기도 했다. 그러나 이후로도 연락을 받을 순 없었다. 기다리기만 할 수는 없어 실례를 무릅쓰고 다시 한번 연락하여 혹시나 알게 된 소식이 있는지 여쭈었지만, "연락이 닿지 않아 원하는 말을 해주지 못해 미안하다."라는 말만 전해 들을 수 있었다.

이제는 그저 어디선가 건강하게 잘 지내시기만을 바라기만 해야 할 테지만, 이미 두 번의 전화로 느꼈던 동료 선생님의 목소리에서 어느새 20년 가까운 시간이 훌쩍 흘러갔다는 게 실감이 났다. "여보세요."라는 목소리를 들었을 때, 사실 순간 흠칫했다. 전화를 받았던 선생님의 목소리는 그만큼의 세월이 더해져 많이 잠겨 있는 상태였기 때문이었다. 내 기억 속에 존재하는 선생님의 모습과 목소리는 변함이 없는데, 오랜만에 듣는 동료 선생님의 목소리는 많이 변해있었다. 목소리가 많이 잠긴 상태였는데 그 시절 나를 떨게 한 목소리의 떨림은 같았지만, 목소리의 진동에서 시간이라는 물리적 간극이 확연히 느껴졌다.

그 순간 머릿속에서 '큰일 났다'라는 생각이 스쳐 지나갔다. 내가 그 시간 동안 성장해 온 만큼, 선생님도 노쇠해진다는 걸 미처 생각 못 했다. 이제는 더 이상 뭘 할 수도 없는데 마음만 조급해졌다. 그러다 '조금만 더 일찍 찾을걸. 미리 연락처를 알아둘걸' 하는 자책만 이어졌다.

어딘가에서 건강히 살아 계신다면 다행이지만, 찾아뵐 수 없고 연락조차 할 수 없는 물리적 단절 상태이기에, 받아들이고 싶지 않은 선생님의 죽음에 대해서도 이제는 생각해본다. 세상 모든 것은 원자로 이루어져 있고, 이 원자들의 가장 자연스러운 배열은 죽음이라고 하니 혹여 그렇다 하더라도 겸허히 받아들여야겠지. 언젠가 나도 그 자연스러운 배열로 돌아가게 된다면 그땐 인사 나눌 수 있을까.

여전히 찐만두와 쌍화탕을 보면 생각나는 분. 앞으로

다시는 그 맛을 넘어서는 만두와 쌍화탕을 먹을 순 없을 것 같다. 혹여나, 훗날 기적처럼 건강히 살아계신다는 연락이 닿아 쌍화탕 한 상자 사 들고 찾아가 인사드릴 수 있는 날이 찾아온다면 꼭 전해드리고 싶은 말이 있다.

선생님 덕분에 많은 책을 읽고 이렇게 책도 내게 되었으며, 나름 괜찮은 어른이 되어가고 있다고. 그리고 연락드리거나 찾아뵐 순 없었지만, 삶의 중요한 순간마다 항상 선생님을 생각했었다고.

정말 감사했습니다. 너무 늦었지만, 많이 보고 싶었습니다.

한잔에 우주

차인 차와 차 아닌 차(쌍화차는 차가 아니다).

차(茶,tea)는 카멜리아 시넨시스(Camellia sinensis)라는 종의 나뭇잎을 가지고 만든 음료를 지칭한다. 그 나뭇잎의 산화(Oxidation)정도를 포함한 제조 방식에 따라 흔히 알고 있는 녹차부터 홍차까지 총 6종류의 차(6대 다류: 녹차, 백차, 황차, 청차, 홍차, 흑차)로 분류한다.

그래서 찻잎이 들어가지 않은, 곡물이나 허브류를 우린 것을 '차(茶)'와는 구별하여 표기하는 것이 보다 더 정확한 방법이다. 외국에서는 허브류인 민트나 캐모마일 등의 제품을 인퓨전(Infusion:우려낸 즙) 또는 티젠(Tisane:약탕)이라 하여 차와 명확히 구분하여 표기를 하고 있다.

'마실 것'을 뜻하는 넓은 의미에서는 차라고 통칭하지만, 정확히 구분하기 위해 이를 대용차(代用茶)라고 부르기도 한다.

녹차와 홍차 등 찻잎을 가지고 만든 음료는 '차인 차', 그리고 보리차나 허브차와 같은 찻잎이 들어가지 않은 음료는 '차 아닌 차'로 구분해서 쓰기도 한다. 그러므로, 엄밀히 말하자면 쌍화차는 차가 아니다.

 '차인 차'의 원물인 찻잎에는 커피콩처럼 카페인이 들어있으며, '차 아닌 차'의 경우 마테를 제외하고는 흔히 알고 있는 허브류(캐모마일, 페퍼민트, 루이보스, 히비스커스 등)는 카페인이 없기에 이를 구분하는 또 다른 기준점이 된다.

한잔에 우주

"'차를 왜 좋아하세요?"라는 양(YANG)의 물음
에 제이크는 끝내 이렇게 답한다.
"차를 찾는 남자가 독일 친구한테 차 맛을 묘사
할 말이 없다고 말해. 차의 신비한 성질을 제대
로 표현할 단어가 없다고. 그러니까 옆에 서 있
던 독일 친구가 이러는 거야.
'맞아, 근데 이런 걸 상상해 봐. 넌 숲 속을 걷고
있고 땅에는 나뭇잎이 깔려 있어. 한창 비가 내
리다 그쳐서 공기는 아주 축축하지. 넌 그런 곳
을 걸어. 왠지 차에는 그 모든 게 담긴 것 같아.'
나는 그 묘사에 완전 푹 빠져버렸지…"

(영화 〈애프터양〉 코고나다 作)

가끔 우주를 떠올려본다. 엉뚱하다고
할 수 있지만, 때로는 우주가 짜 놓은 판 위 큰 흐름 안
에서 우리는 살아가고 있는 게 아닐까 하는 생각을 한
다. 그래서 노력하는 것이 한낱 발버둥에 불과하지 않
을까 하는 생각. 대세를 거스르기엔 내 발버둥은 파동
이 너무나 잔잔해서 그 어떤 영향도 끼치지 못한 채 금
세 사라져 버리지 않을까 하는 그런 생각을 하곤 한다.

초자연적인 것보다는 과학을 믿는 편이다. 그런데 간혹 과학적으로 혹은 확률적으로 말이 안 되는 일이 일어났을 때, 기적이 일어났다고 말한다. 그리고 살아가다 어느 순간에 우리는(혹은 적어도 나는) 그러한 기적과 같은 일을 바라곤 한다. 종교와는 상관없이 그것이 신이든, 로또든 간에.

어릴 적, 서울 사는 친척들이 여름휴가를 맞아 시골인 우리 집으로 내려왔었다. 저녁에 갑자기 정전이 됐는데, 불이 들어오지 않다 보니 집에 있는 촛불들을 꺼내 주위를 밝혔다. 그렇게 다시 전기가 들어올 때까지 수 시간을 기다렸던 적이 있었다. 그때 그 순간이 왜 그렇게 좋았는지, 몇 시간 후 전기가 다시 들어온 게 아쉬울 정도였다. 전기 없이 어두컴컴한 상태에서 촛불 몇 개에 의지한 채 두런두런 또래 친척들과 이야기하는 게 왜 그렇게 좋았는지 모르겠다. 그래서 그다음 날도 어두워지는 저녁 시간대에 한 번만 더 정전이 됐으면 좋겠다는 다소 황당한 생각을 했다. 한여름 냉장고에 든 음식들이 엄마의 마음과 함께 상해가고 있는 건 생각도 하지 못한 채.

한잔에 우주

어쩌면 당연한 이야기일지 모르지만, 가족과 친척들을 포함해 다음 날도 정전이 되기를 바란 사람은 나를 제외하고는 한 명도 없었을 것이다. 그런데 그 혼자만의 간절한 바람이 이루어졌는지 그 일은 현실이 됐다. 다음날도 날이 어둑해지는 비슷한 시간대에 똑같이 정전이 일어났다. 그러나 이 희박한 확률을 뚫고 맞이한 상황은 전날만큼의 강렬한 인상을 남기지는 못했다. 설마 똑같이 일어날 것이라 생각하지 못해서일까. 원했던 상황이 일어나자 신기하다고 생각하며, 전날과 같이 촛불을 켜고 비슷한 시간을 보냈지만 묘하게 만족감은 크지 않았다. 왜였을까. 그날의 모든 과정은 아직도 나에게 미스터리로 남아있다.

'내가 간절히 바라면 이루어지는 걸까'하고 처음으로 의아하게 생각했던 순간이었다. 그 사건을 기점으로 무엇인가 간절히 원할 때면, 과학적으로 설명할 수 없지만, 일단 간절히 바라고 봤다.

비슷한 예로 대학 시절, 마음에 두던 한 친구를 계속 생각하다가 그 사람이 오늘 나타났으면 좋겠다고 바라며 버스에 탔는데, 그 친구가 그 버스에 있을 확률은 얼마나 될까. 그 희박한 확률을 뚫고 현실이 됐을 때, 그렇게 수도 없이 머릿속으로 생각하고 바랐던 상황을 눈앞에서 마주하자 당황한 채 어리숙하게 "안녕."이라고 바보같이 인사만 하고 떠나보낼 확률. 그 확률은 또 얼마나 될까.

  그렇게 수백만 분의 확률보다 더 낮은 확률을 거듭하여 나와 당신이라는 반짝이는 두 개의 별 먼지가 만났을 확률, 모든 만남과 헤어짐의 확률을 계산해본다. 그리고 가끔 이 세계를 돌아가게 하는 우주의 원리에 대해 생각하고 그 안에서 살아간다는 것에 대해 생각한다.

  나와 당신을 이어줄 한 잔의 차가 우리 앞에 오기까지의 과정과 한 모금에 느껴지는 당신의 미소를 떠올린다.

  "차 한잔하자."라며 그렇게 용기 낸 곳에, 그게 차든 술이든 커피든 그에게는 전부인 그 한잔에 더 큰 우주가 담겨있길. 그리고 우리가 그곳에서 마신 것과 나눈 이

　　　　　　　　　　　　　　　한잔에 우주

야기는 서로의 기억 속에 남아있든 사라지든, 그 순간
으로 존재하길 바란다.

이루지 못한 아빠의 꿈

  지금은 초등학교 때였는지, 중학교 때였는지 잘 기억
나지 않는다. 어렴풋하게 기억하는 건, 시간은 많고 무
척이나 더웠던 어느 여름방학이었다는 것. 아빠는 책을
낸다고 하며 수기로 정리된 원고들을 가져왔고 나에게
그걸 한글 문서로 타이핑을 해달라고 했다.

  내가 타이핑을 하는 와중에도 아빠는 내 옆을 지키며
하나하나 요구사항을 말했다. 그렇게 작업이 진행되는
과정들을 쭉 지켜보았다. 그렇게 며칠을 했을까. 둘 다
에어컨도 없는 방에서 꽤 오랜 시간 동안 땀을 삐질삐
질 흘려가며 작업을 끝냈고, 며칠에 걸쳐 완성된 작업
결과에 그는 만족스러워하는 듯 보였다. 계획으로는 그
해 안에 책이 나올 것이라고 했다.

  책이 출간되거나 나왔으면 신나서 자랑했을 그였지
만, 그는 그해가 지나도, 다음 해가 지나서도 책에 대한
언급은 하지 않았다. 그래서 궁금했지만, 굳이 물어보

지 않았다. 그리고 시간이 더 지나고 나서는 영영 물어
볼 수 없게 됐다.

  이 사건이 '나도 내 책을 출간해보고 싶다'라는 소망과
얼마나 관련이 있을지, 어느 정도의 영향을 준 건지는
알 수 없다. 어릴 적부터 책을 가까이하고 지냈고 그중
에서도 특히나 위인전이나 자서전과 같은 글을 많이 읽
어서 나 또한 나중에 이런 사람들처럼 내 생각이나 나로
비롯된 이야기가 책으로 나올 수 있다면 좋겠다고 생각
했던 사람이었기에. 그 사건 하나로 온전히 내가 책을
내야겠다고 생각한 건 아닐 수도 있다.

  그럼에도 마음속 어느 한 편에 그 찝찝함이 자리 잡고
있음은 사실이었다. 내가 책을 낸다고 해서 돌아가신
아버지의 아쉬움이 풀리는 건 아니겠지만, 그냥 나라도
해냈다고 말해주고 싶었다. 자랑하고 싶었다.

아빠는 내가 이렇게 자랑하는 것을 흐뭇하게 바라보는 사람이었으니까.

그는 명예욕이 많은 사람이었다. 누가 들어도 그럴싸한 것들을 좋아하는 듯했다. 책을 출간하고 사람들 앞에 그럴싸한 직함을 가진 채 나서고 하는 것들. 매번 부정해왔었지만 어쩌면 나는 그를 조금은 닮았나 보다.

글을 쓸 때면 구성을 갖춰 길이감 있게 써야 한다는 생각에 혼자만의 이상한 스트레스를 받곤 했는데 이 글은 어쩐지 그렇지가 않다.

먼 우주를 유영하고 계실 아빠에게 전한다.

아빠, 나 책 출간했네요. 멀리서나마 지켜보고 축하해주세요.

추신. 그 우주는 어떤가요? 여기보다 더 따뜻했으면 좋겠네요.

* 이 책은 아버지 양수현과 초등학교 시절 독서 습관을 길러준 저의 은사 이동선 선생님께 바칩니다. 그리고 성인이 되고서는 만날 수 없었던 이 두 분께 차 대신 소주 한 잔 올립니다.

참고 문헌

문기영, 홍차수업, 글항아리, 2014

진제형, 茶쟁이 진제형의 중국차 공부, 이른아침, 2020

왕명상, 대만차의 이해, 한국티소믈리에연구원, 2021

곤마 도모코, 티소믈리에를 위한 중국차 바이블, 한국티소믈리에연구원, 2015

정승호, 호레카 속의 티 세계 1, 한국티소믈리에연구원, 2022

조승원, 하루키를 읽다가 술집으로, 싱긋, 2018

무라카미 하루키, 만약 우리의 언어가 위스키라고 한다면, 문학사상, 2020

린다 케일러드, 티 북(The Tea Book), 한국티소믈리에연구원 2021

최낙언, 향의 언어, 예문당, 2024

장대익, 이명현, 별먼지와 잔가지의 과학 인생 학교, 사이언스 북스, 2023

이회수 외 3명, 호모삐딱쿠스 (고개가 아주 조금 기울어진 사람들), 어깨 위 망원경, 2021

박영순, 커피인문학, 인물과사상사, 2017

유대준, 박은혜, All new 커피 인사이드, 2021

케빈 즈랠리, 와인 바이블, 한스미디어, 2021

김용재, 차를 시작합니다, 오픈하우스, 2022

김혼비, 아무튼 술, 제철소, 2019

은모든, 애주가의 결심, 은행나무, 2018

칼 세이건, 코스모스, 사이언스 북스, 2010

칼 세이건, 창백한 푸른 점, 사이언스 북스, 2020

김상욱, 떨림과 울림, 동아시아 2018

tvn〈벌거벗은세계사〉제작팀, 벌거벗은 세계사: 전쟁편, 교보문고, 2022

식품의약품안전처 식품영양성분 웹사이트 데이터베이스

한잔에 우주

초판 1쇄 인쇄	2024년 11월 14일
초판 1쇄 발행	2024년 11월 29일

지은이	양태영

펴낸이	이장우
책임편집	송세아
디자인	theambitious factory
편집 제작	안소라 김소은
관리	김한다 한주연
인쇄	KUMBI PNP

펴낸곳	도서출판 꿈공장플러스
출판등록	제 406-2017-000160호
주소	서울시 성북구 보국문로 16가길 43-20 꿈공장 1층

이메일	ceo@dreambooks.kr
홈페이지	www.dreambooks.kr
인스타그램	@dreambooks.ceo

전화번호	02-6012-2734
팩스	031-624-4527

이 도서의 판권은 저자와 꿈공장플러스에 있습니다.
이 책은 저작권법에 의해 보호받는 저작물이므로 무단전재와 무단복제를 금합니다.

일부 맞춤법 및 띄어쓰기의 변형은 저자 고유의 글맛을 살리기 위함입니다.

ISBN	979-11-92134-82-6
정가	16,800원